"홋. 뇌근육이 도져서
드디어 시각 신경까지
당해버렸나 보네.
불쌍한 녀석!"

"아앙?! 꾀죄죄한
아이템충 따위는
시야에 들어오지 않도록
최적화했을 뿐이다!"

VRMMO 학원에서 즐거운 마개조 가이드
~최약 직업으로 최강 대미지를 뽑아봤다~

2

하야켄

일러스트 ● 아키타 히카

회장이 화악 끓어오르더니,
아카바네를 향한 환성이 쏟아졌다.
아카바네도 아키라와 마찬가지로 소드 댄서.
그리고 엄청난 미인.
그렇다면, 아키라와 마찬가지로
아이돌화하는 건 대자연의 섭리.
내게는 완전히 원정지 같은 시합이
될 것 같다.

아카바네 노조미

직 업 **소드 댄서**
레 벨 **34**
소속 길드 진실된 모습 **트루 폼**

"가, 갈 거야. 렌!
지금부터는 속공으로
끝내줄 테니까!

아키라는 얼굴을 새빨갛게 물들이며
그렇게 선언했다.

즐거운 VRMMO 학원에서 마개조 가이드 2
~최약 직업으로 최강 대미지를 뽑아 봤다~

하야켄 지음
아키타 히카 일러스트
이경인 옮김

A Guide to Happy Devil Mods
at VRMMO High School

CONTENTS

『핫하아~! 좋았어! 찍었다~!』

모니터에 비치는 우락부락한 수인 캐릭터가 기뻐하는 모션을 취했다.

응, 이런 캐릭터로 이런 언동을 보이면 여자아이라고 깨닫지 못하더라도 어쩔 수 없지.

나는 둔하지 않아! 불가항력!

모니터 안의 마초 수인 아키라를 바라보던 나는 그렇게 생각했다.

『나~이스! 아키라!』

우리는 UW 종료 시간 뒤에 EF에 들어와서 한창 놀고 있었다.

요즘에는 UW가 즐거워서 플레이하지 않고 있었지만, 오늘은 이쪽에서 기간 한정 이벤트가 있다고 해서 조금 놀러 온 거다.

온 세상에 흩어진 일곱 개의 공을 모아 소원을 빈다는, 장난치는 걸로밖에 보이지 않는 내용이다.

그리고 지금, 공을 삼킨 거대 물고기 몬스터를 아키라가 막 처리하고 있었다.

그러자 뱃속에서 공이 나왔고, 그걸 얻어서 기쁨의 포즈를 취했다는 거지.

『좋았어, 렌! 다음 장소로 가자, 다음!』

『알았어, 다음은—.』

그때, 우리가 싸우던 해변에 다른 플레이어 캐릭터가 나타났다.

미안하네. 유감하지만 공은 우리가 받아가겠어.

그건 넘어간다 치고— 그 캐릭터는 우리가 아는 사람이었다.

캐릭터 네임은 스노. 물색 머리를 한 여자아이 캐릭터다.

『응? 렌과 아키라 아니냐! 오랜만이구나!』

채팅 윈도우에 그런 메시지가 표시되면서 스노가 크게 손을 흔들었다.

『스노! 오랜만이네!』

『오오, 스노잖아! 잘 지냈냐!』

나와 아키라도 손을 흔들어줬다.

『잘 지냈지. 하지만…… 조금 지루하기도 하더군. 렌도 아키라도 별로 들어오지 않게 됐으니까, 요즘에는 손맛이 있는 상대와 싸우지 못했어.』

스노는 미형 여자아이 캐릭터이긴 하지만 이래 봬도 골수까지 사무친 배틀충으로, 대인전(PVP)을 무척 좋아하는 사람이다. 이쪽 방면에서는 유명한 플레이어다.

이 EF의 대인전은 팀전도 있지만, 스노와는 대인전도 하고 함께 팀을 짜서 싸운 적도 많은 친구였다.

플레이어 스킬이 엄청 높아서 내게는 새로운 전술을 시험해볼 절호의 상대다.

스노에게 통한다면 대부분은 세간에 전부 통한다는 느낌.

『아~ 미안하네. 이쪽에 올 여유가 별로 없어서.』

『둘이서 뭔가 다른 게임이라도 시작한 거냐?』

『뭐…… 그런 셈이지.』

아키라가 대답했다.

『흠…… 거긴 대인전은 재미있나? 나도 즐길 수 있을 것 같아?』

『아니, 재미있긴 하지만 일반공개는 되지 않거든. UW라고 하는데…….』

내가 대답하자 스노가 크게 반응을 보였다.

『으으으으응?! 어라, 혹시 렌과 아키라는 세이세이 학원에 들어온 거냐?!』

이번에는 이쪽이 놀랄 차례였다.

『뭐어어어어엇?! 어떻게 아는 건데?!』

『아니 어떻고 자시고, 나도 세이세이 학원의 학생이니까!』

『뭣이이이이이이이?!』

『진짜냐?!』

나도 아키라도 경악했다.

하지만 잘 생각해 보니, 세이세이 학원은 온라인 게임 폐인에게는 파라다이스 같은 곳이다.

그야 뭐, 폐인인 우리가 잘 아는 다른 폐인들이 재적해있는 것도 불가능한 건 아니다.

애초에 야노도 EF를 하던 것 같으니까.

온라인 게임 폐인의 세상은 좁단 말이지.

그나저나, 이렇게 가까이 있었다니 놀랍네.

『렌과 아키라는 1학년인가? 나는 3학년이고, 3-C의 야마무라 유키노다만!』

아, 유키노(雪乃)라서 스노인 건가. 그보다 여자아이였었나. 또 내 예상 밖이다. 남자인 줄 알았다…….

『전 1-E의 타카시로 렌입니다!』

『저도 마찬가지로 1-E의 아오야키 아키라에요!』

『뭣?! 아키라는 여자아이였던 거냐?! 전혀 몰랐는데!』

오오, 그렇구나. 유키노 선배도 그랬었나. 그럼 나만 특별히 둔한 건 아니겠군.

『후후후…… 렌도 똑같은 소리를 했거든요.』

『그런가…… 나만 둔한 건 아닌가. 조금 안심했어.』

하하하. 나와 똑같은 소리를 하네.

『그럼 다음에는 UW에서라도 같이 즐기지 않겠나! 아, 맞다. 두 사람 다 길드는 정해진 거냐? 뭣하면 내 길드를 소개해줄까?』

『아, 길드는 이미 정해졌다고나 할까, 저희가 직접 만들어서—.』

『아아, 그런가. 그것도 괜찮지. 친구와 함께 MEP^(메리트 포인트)를 모아 길드를 처음부터 육성하는 것도 꿈이 있어.』

『아뇨, MEP가 없어서 길드 설립 허가증으로—.』

『오오? 두 사람 다 이제 막 시작했는데 용케 땄는걸. 고렙인 누가 도와주기라도 한 건가?』

『아뇨, 레벨 30 정도인 네 명이서 자력으로 얻어서…….』

『뭐어어어엇?! 그건 대체 어떻게 한 거냐?!』

『그게 말이죠—.』

내가 『길드 설립 허가증』을 얻었을 때의 이야기를 대략적으로 정리해서 설명했다.

『호오오오~! 그렇군, 올해는 문장술사로 반 대항 미션 MVP를 땄다는 녀석이 있다고 들었는데, 그게 렌이었나……. 그럼 납득이 가는군. 역시 망캐 마이스터야. 그래야지 대전할 보람이 있지. 두 사람 다 이번에 UW에서 듀얼을 해보자! 어때?!』

『하하하, 살살 부탁할게요.』

『그럴 수야 없지. 렌 상대로 살살 했다가는 이쪽이 당할 테니까.』

『저도 기대하고 있을게요, 유키노 선배.』

『알았다, 아키라. 근데 그 캐릭터로 느닷없이 여자 말투로 말하니까 위화감이 굉장하군.』

우락부락하고 험상궂은 수인이니까.

무지막지한 마초 같은 언니 캐릭터처럼 되어버린다.

『확실히…… 약간 혐오스럽네.』

『뭐라고……?! 렌까지! 나 참, 그럼 이쪽이 낫겠나……?』

아키라가 남자 말투로 바꾸자 나와 스노 선배가 화면 안에서 동시에 끄덕였다.

『좋아, 그럼 이벤트를 계속하기로 할까!』

우리는 스노 선배도 추가해서 세 명이서 이벤트를 진행하기로 했다.

그 이후, 조만간 UW에서 같이 놀기로 약속하고, 이날은 이만 끝내기로 했다.

◆◇◆

"""""하나~ 둘!"""""

방과 후, 우리의 길드 하우스.

우리는 2층 거실 부분에 모였다.

내가 자작한 『우드 테이블』 위에서 네 명이 각자 종이를 내밀었다.

뭘 하는 거냐고?

스테이터스 화면 같은 곳에 아이콘으로 표시되는 길드 엠블럼 디자인 선수권이다.

우승자의 디자인을 채용하기로 했다.

우리는 각자 다른 멤버들이 낸 그림을 관찰했다.

"렌은…… 뭐야 이거, 전구?"

"타카시로는 왜 전구인데?"

"그야 그거지. 마개조에 필요한 건 번뜩임이니까! 번쩍 빛나는 느낌을 표현했어!"

그리고 그림을 그리 잘 그리지는 못하니까, 이런 것밖에 그리지 못했다는 느낌입니다!

참고로 길드명은 데몬즈 크래프트으로 결정되었다.

나로서는 마개조 동호회라거나 망캐 마이스터즈가 좋았는데…….

하지만 그걸 제안하자 다른 일행들이 너무 촌스럽다고 기각했다.

그래서, 마개조 동호회를 베이스로 약간 멋진 느낌을 플러스해서 개변한 것이다.

뭐, 꽤 나쁘지 않은 이름으로 정착했다고 생각한다.

"으~음, 그래도 전구만 있으면 뭐가 뭔지 잘 모를 거 아냐"

"뭐, 그럴지도…… 그림은 특기가 아니거든. 그럼, 아키라는—?"

"좋은 질문입니다! 봐봐 봐봐! 마초 데몬이야~♪"

보디빌딩이라도 하는 듯한 마초 포즈를 잡은 뿔 난 아저씨 그림이었다.

으~음, 아키라는 마초 캐릭터를 좋아한단 말이지.

그림 자체는 꽤 잘 그렸지만, 인상만 보면 땀 냄새가 엄청나다.

마개조라는 건 검증과 지혜가 중요하건만, 근육으로 말한다는 느낌이 장난 아닌데.

어디의 뇌까지 근육으로 된 캐릭터냐는 느낌.

"조금 땀 냄새나는 느낌이네……."

"나는, 멋있다고 생각하는데…… 그럼 코토미는?"

"어? 나는…… 딱히 안 봐도 괜찮아."

"어디어디—."

……앗(눈치챔).

뭐랄까, 악마인지 뭔지 모를 기괴한 생물이 그려져 있었다. 그것도 땅딸막한, 자신 없는 느낌이었다.

그림을 못 그리는 사람은 이렇게 눈에 띄지 않게 작게 그린단 말이지.

이른바 화백이라는 녀석인가. 너무 건드리지 말도록 하자.

"……와~오, 코토미. 왠지 개성적이네?"

"내, 내 그림 같은 건 봐도 재미있지 않아! 다음, 유우나는?!"

"응, 일단 잔꾀라는 느낌을 의식해봤는데. 요거 어때?"

"……오오오~! 대단한데!"

"우와, 엄청 잘 그렸네!"

괜찮은 느낌으로 데포르메된 악마가 혀를 빼꼼 내밀고 있

는 얼굴 그림이었다.

잔꾀로 상대를 추월하고 의기양양하게 씨익 웃는 느낌인가.

표정에 애교가 있고 밉살스러운 게 엄청 좋다!

야노는 그림을 잘 그리네.

"괜찮네! 나로서는 야노 걸 채용하는 걸로!"

"그러게, 나도 이게 좋다고 생각해."

"나의 마초 데몬은 유감이지만…… 이의 없음!"

"오? 아싸~! 채용됐어♪"

야노가 씨익 미소를 지었다.

"그나저나 야노가 이렇게 그림을 잘 그릴 줄은 몰랐네……."

"그러고 보니 유우나, 중학교 때도 그림 콩쿠르에서 상을 받았었어."

"아아, 수업에서 그렸던 거 말야? 선생님이 마음에 들었다며 응모해버렸거든."

"정말 굉장하네! 어느 선생님한테 배우기라도 했어?"

"아냐, 안 했어 안 했어. 우리 집은 그런 돈 없다구. 왠지 모르게 이거려나~ 하고 그렸을 뿐인데…… 그렇게 칭찬해도 솔직히 창피하거든."

본인은 전혀 자각이 없지만, 타고난 재능이란 건가.

뜻밖의 사람에게 뜻밖의 재능이 있는 법이구나.

지금 우리가 모인 이 테이블도 야노가 괜찮은 느낌으로 데코레이션을 해주었다.

원래는 내가 합성했을 뿐인 평범한 『우드 테이블』이었지만—.

야노가 이대로는 살풍경하다고 해서 꽃무늬 그림을 그려준 것이다.

색칠용 그림물감은 가게에서도 팔고 있고, 나도 합성으로 만들 수 있다.

정말로 세밀하게 만든 게임이란 말이지.

야노는 이런 식으로 길드 하우스를 화려하게 장식해줄 것 같다.

일단 모두 함께 길드숍 거리로 나가서 사거나, 내가 자작하기도 해서 길드 하우스 안에 최소한의 가구는 모아놨다.

그래도 그리 비싼 건 사지 못하고, 만들 수도 없다. 내부는 전체적으로 간소했다.

야노가 색칠을 맡아준다면 화사해져서 좋겠군요.

퀄리티는 돈을 받아도 이상하지 않을 레벨이니, 어떻게 될지 기대된다.

"좋아, 그럼 난 길드 관리국 사무소로 가서 레이미 씨에게 이걸 제출하고 올게."

길드 관리국 사무소는 길드 관련의 이런저런 수속을 담당해주는 곳이다.

바로 이 길드숍 거리에 사무소가 있고, 우리의 담당 NPC가 레이미 씨다.

뭐, 이것도 길드 마스터로서의 일이지요.

"그럼 잘 부탁해~ 타카시로."

야노가 내게 일러스트가 그려진 종이를 건넸다.

"잘 부탁해, 타카시로."

"그리고 덤으로 길드숍 출점 신청도 내고 오겠어."

길드 하우스 1층은 길드숍 겸 공방으로 만들기로 했다.

초급 공방 세트 하나를 사는 바람에 지금의 나는 거의 무일푼이다.

모아뒀던 소재도 자금을 위해 환금하거나, 가구 합성으로 써버려서 상당히 허전해졌다.

여기서는 가게를 번성시켜서 안정된 돈벌이 수단을 확보해야지!

내 문장술사의 플레이 스타일은 MP라고 쓰고 머니 파워(Money Power)도 초 중요하다.

왜냐하면 공격할 때마다 항상 무기를 박살내는 스타일이니까.

그렇다고 아끼다가는 패배할 거고, 전투력이란 즉 경제력이기도 하단 말이지.

돈벌이 역시 싸움의 일환입니다. 집에 돌아갈 때까지가 소풍 같은 셈이다.

"그럼 난 렌하고 같이 갈까?"

"오? 그럼 수속이 끝난 뒤에는 조금 검증에 어울려줘!"

"어? 검증? 으…… 며칠이나 같은 적을 두들기는 거 아냐?"

"괜찮다니까. 이번에는 슬쩍 확인하는 정도니까."

"으~음…… 렌의 슬쩍은, 슬쩍이었던 사례가 없단 말이지~."

아키라가 내게 의심 어린 시선을 보냈다.

"그렇지 않다니까! 이게 거짓말을 하는 눈으로 보여?"

"으응~? 그 반짝반짝한 눈은, 그럴 생각은 없지만, 감각이 이상한 탓에 곧바로 남을 장기간 구속해버리는 사람의 눈인데~?"

"하하하하하. 농담도 참. 그럼 가자, 마이 프렌드!"

"그래그래. 알았어, 어울려줄게."

"갔다 와~. 나는 낙서나 계속할게~."

"나, 나도 유우나를 도와줄까……."

"응~응~ 코토미. 내가 가르쳐줄 테니까, 그림 못 그리는 걸 고치자구."

"……다음에 공부를 가르쳐줄 때는, 엄청 스파르타로 가볼까."

"아핫, 뺑이야 뺑. 뭐~ 적당히 마음대로 하면 돼."

"뭐, 조금 요령을 가르쳐주면 좋겠어."

"오케이 오케이!"

"좋아, 그럼 가볼까! 류! 외출하자."

"뀨~뀨~뀨~!"

방구석 높은 위치에 설치된 전용 해먹에서 류가 나왔다.

그리고 그대로 내 머리에 살포시 착지. 좋아, 가볼까!

이렇게 해서, 나와 아키라는 류를 데리고 길드 하우스를 나왔다.

◆ ◇ ◆

사무 수속이 끝난 뒤, 나와 아키라는 워프를 통해 미슈르 대륙으로 이동했다.

그리고 근처 숲 맵에서 검증을 시작하기로 했다.

"렌~. 이대로 공격하지 말고 유지하면 되는 거야?"

"그래, 오케이 오케이! 그대로 부탁해!"

나는 조금 떨어진 곳에 있는 아키라에게 손을 흔들어 답했다.

아키라는 적과 교전 상태로, 자기는 손대지 않고 그저 공격을 가드하고 있었다.

상대는 밴디트 울프라는 레벨 31의 몬스터다.

내 검증에는 딱 알맞은 레벨이다.

아키라는 탤런트 효과로 AP(아츠 포인트)를 자동 회복하고, AP 소비 댄스로 자체 회복도 가능.

그러므로 이 정도의 적이라면 아무리 장시간 유지하더라도 일단 죽지는 않는다.

검증을 도와줄 파트너로서 무척 고마운 성능이다.

왜냐하면 나는 살짝 검증을 위해 적을 두들기려고 해도,

제대로 된 대미지 요소는 오의와 암기 아츠 정도밖에 따지 않았기 때문이다.

매번 무기를 박살내는 돈 낭비나, HP 1이 되지 않으면 대미지가 나오지 않는 로망 사양은 이런 반복 작업과는 엄청 상성이 나쁘다.

돈은 날아가지, 약간의 부주의 탓에 바로 죽어버려서 경험치를 잃어버리니까.

원래는 약간의 검증이라면 간편하게 할 수 있도록 잡졸 상대용 탤런트도 따놔야 한다.

그러나…… 내 마음속에서 다음 MEP의 용도는 이미 정해져 있기 때문에 그건 꽤 나중 이야기다.

아~ 빨리 정기 시험 오지 않으려나. MEP 빨리 대량으로 주세요.

그보다 시험이 기대된다니 충격적이네. 난생 처음이다.

"그래서, 뭘 할 건데?"

"그건— 이걸 봐! 신병기의 시험 사격입니다~!"

짜잔~ 하고 내가 꺼낸 것은 가느다란 통 모양의 아이템이었다.

"뭐야 그게? 무슨 피리야?"

"아니—『대롱 화살』이야! 대망의 제2암기를 마침내 만들 수 있게 되었어!"

대롱 화살 (OEX)

　　종류 : 암기　　장비 가능 레벨 : 25

　　공격력 : 5　　획득 AP : 10

　　특수성능 : 탤런트 암기술사 세트시에만 장비 가능.

　　아츠 『그림자 화살』을 사용 가능.

　암기는 전부 OEX 속성이라 남에게 건네줄 수 없고, 같은 아이템을 다수 소지할 수 없다. 그러므로 스스로 합성할 수밖에 없다.

　길드 하우스에 마이 공방을 설치한 덕분에 서포트 효과를 얻어서 겨우 이걸 만들 수 있는 합성 레벨이 되었다.

　만들 수 있게 되었다면 바로 만들어보는 게 직공의 본성이다.

　그리고 만들어봤다면 바로 검증해보는 게 검증충의 본성이다.

　아무도 나를 막을 수 없어! 자, 검증이닷!

　"오오오오오오! 그래서, 그거 굉장해?"

　"몰라! 지금 처음 써보는 거니까. 그럼, 쏜다!"

　"오케이~!"

　나는 대롱 화살 끄트머리를 밴디트 울프에게 겨누고, 강하게 숨을 불어넣었다.

　작은 철화살이 휘익 날아가서— 적에게 맞기 전에 바닥에 떨어졌다.

"······어라?"

"······안 닿네. 거리가 먼 거 아냐?"

"그럴지도. 조금 다가가 볼까."

"그보다, 닿지 않고 떨어져도 화살은 사라지네."

그렇다. 바닥에 떨어진 화살은 스르륵 투명해지더니 사라졌다.

아까우니까 회수하고 싶었는데······ 호주머니에 다정하지 않은 사양이다.

이쪽은 이미 돈줄이 위험한 상태인데······.

뭐, 아무튼 다음에는 상당히 거리를 좁혀서— 5, 6미터 정도로 접근.

"좋아, 한 번 더!"

대롱 화살이 휙! 날아갔다.

렌의 공격! 밴디트 울프는 공격을 회피했다!

그런 로그 표시가 나왔다. 오오, 이 녀석 피해버렸나!

연이어서 열 발 쏴봤지만 전부 빗나갔다!

11번째로 쏴서 겨우 한 방 맞혔지만, 대미지는 미비했다.

"······으~음. 안 맞는 것 같네."

"그러네. 이건 즉—."

"명중률이 DEX^(재주) 의존이라는 거 아닐까?"

"그렇지."

물리공격의 명중률은 기본적으로 공격 측의 DEX와 맞는 쪽의 AGI^(민첩)에서 계산된다.

내 DEX가 이 밴디트 울프에 비해서 너무 낮은 것이리라.

뭐, 당연하지. DEX는 전혀 투자하지 않았고, 문장술사는 원래부터 DEX도 최저 클래스다.

VIT^(내구)에 몰빵한 내가 대롱 화살 공격을 평범하게 맞추는 건 허들이 너무 높은 것 같다.

여기서 대롱 화살의 일반적인 사용이라는 선택은 사라졌다.

뭐, 아마 이렇게 되리라는 생각은 들었다. 하지만 무슨 일 이건 확인은 해봐야지.

"그렇다면— 아츠로 어떻게 될지 봐야겠네."

"그렇지~."

『지팡이칼』에 암기의 특수 아츠 『발도술』이 있듯이, 『대롱 화살』도 『그림자 화살』이 존재한다.

그림자 화살 (소비 AP 0)
〈효과〉 암기술. 사각(死角)을 찌르는 눈에 보이지 않는
          화살을 쏜다.   1회 공격.
          한 전투에 1회만 발동 가능.
          현재 HP가 낮을수록 화살의 추가효과 성능과

발동률이 상승.

방어력 무시. 회피 불가.

역시 이 녀석도 HP가 줄면 줄수록 효과가 올라가는 계열
이다.

단, 대미지가 아니라 추가효과 성능&발동률 업인 모양이다.

회피 불가도 있으니 『그림자 화살』을 살릴 수밖에 없겠네.

"지금 있는 화살은— 노멀과 『독화살』과 『수면화살』이네."

"HP를 줄이고 『그림자 화살』을 쏘면 독의 도트량이나 수
면 시간이 늘어나는 걸까?"

"그렇겠지. 어떤 효과인지 시험해보자."

그런고로, 이번에는 『그림자 화살』을 쏴보기로 했다.

비교 검증을 위해 우선 HP 풀+독화살로.

"간다~!"

렌의 그림자 화살이 발동! 밴디트 울프에 25의 대미지!

밴디트 울프는 독에 걸렸다.

오, 발동했다. 내 눈으로도 날아가는 화살은 보이지 않았
지만—

이게 『그림자 화살』의 효과구나. 보고 회피할 수는 없는
건가.

자, 한동안 적을 관찰하자.

2, 3초마다 독 데미지가 5 발생하는 것 같다.

로그에는 나오지 않지만, 적의 머리 위에 하얀 대미지 수치가 표시되었다.

밴디트 울프는 독 상태에서 회복됐다.

음~ 벌써 다 됐나. 30초도 버티지 못했네.

"3초당 5대미지가 30초 정도라는 느낌일까?"

"그럴지도. 그래도 어느 정도 숫자를 쌓지 않으면 데이터로서는 신용할 수 없어."

"……우왓, 나왔다~. 여느 때의 그거다~. 시행횟수를 원하는 녀석이야~."

"뭐, 다른 항목도 검증하고 싶으니까, 이건 20번으로 타협하자."

"두세 번이면 충분하지 않을까……?"

"자자, 아키라 씨. 기왕이니까요."

"하아…… 왜 그렇게 즐거워하는 걸까. 그럼 이 녀석 쓰러뜨린다?"

암기 아츠는 한 전투에 한 번이니까. 쓰러뜨리지 않으면 다시 쏠 수 없다.

"부탁합니다!"

"좋~아—. 간다, 스트레스 발산! 오의—!"

아키라는 적의 발밑에서 위로 베어 올리는 참격을 날렸다.

그 참격에 초승달 이펙트가 발생하며 적은 크게 공중으로 떠버렸다.

동시에 아키라도 참격의 기세를 살려 높이 뛰어올랐다.

"『에어리얼 크레센트』!"

이번에는 공중에서 크게 검을 들어서 내려치는 참격.

이것에도 아름다운 초승달 이펙트가 보였다.

바닥에 격돌한 밴디트 울프는 HP가 0이 되어 신음소리를 내며 소멸했다.

아키라는 아름답게 빙글 공중제비를 돌며 춤추듯이 지면에 착지했다.

적을 쳐올리는 것과 동시에 자기도 뛰어올라 공중에서 다시 일격을 가하는 2단 공격 오의다.

『호크 스트라이크』와 『크레센트 슬래시』의 합성 오의이기도 하다.

아크로바틱한 움직임에 이펙트로 유려. 위력도 높다.

뛰어오르는 모션이니까 공중에 있는 동안에는 적의 공격을 맞지 않는 것도 메리트다.

"응응. 이 기술 기분 좋네! 개운해져~!"

아키라는 만족스러워 보였다.

확실히 이 기술, 꽤나 인기가 많다는 느낌이긴 한데……

그리고 무엇보다—.

보였다! 대놓고! 그도 그럴 것이 저런 스커트를 입고 높이 점프하면 당연히 그렇게 된다.

나는 그건 무시하고 검증을 이어가기로 했다.

끝나고 나서 가르쳐주기로 하자.

이야~ 단순한 검증이 최고의 엔터테인먼트로 변했네.

그리고 한동안 반복하자, 경우에 따라서는 10초 정도 만에 끊어지기도 했다.

게다가 독 효과 자체가 발생하지 않는 적도 있었다. 발동률은 1/2 정도.

대미지 자체는 3초당 5대미지로 변함이 없다.

최대치로는 3초당 5대미지가 30초라는 느낌이었다.

발동률도 안정되지 않고, 솔직히 그다지 좋은 효과도 아니라는 느낌이다.

다음 『수면화살』도 비슷해서, 최대로 30초 자버린다는 느낌.

이쪽도 발동률이 안정되지 않는다.

"뭐, 지팡이칼도 HP 맥스라면 약하니까."

"다음에는 HP 줄여서?"

"그렇지. 다음 단계로 가자!"

"오케이~! 이영~차 『에어리얼 크레센트』!"

아키라도 오의를 팍팍 쏘며 날뛰는 게 즐거워진 모양이다.

그걸 밑에서 바라보는 나도 즐겁습니다. 감사합니다!

"그럼 다음에는 HP를 줄일 테니까."

그런고로 나는 광범위 디어질 서클을 쏴서 MP를 텅 비웠다.

그리고— 턴 오버를 발동해 HP를 1로 만들었다.

이걸로 『그림자 화살』의 효과는 최대한으로 올라갈 거다.

그럼 발동!

렌의 그림자 화살이 발동! 밴디트 울프에게 25의 대미지!
밴디트 울프는 독에 걸렸다.

응응, 발동했구나.

그리고—.

"오, 도트 대미지가 늘었어!"

3초당 50씩 깎이고 있어! 오오, 이건 상당한 위력 아닐까?

효과 발동은 어떻게 됐는지 보고 싶었지만— 유감스럽게도 독대미지가 너무 세서 30초도 버티지 못하고 밴디트 울프가 쓰러지고 말았다.

이것도 20번 정도 시험해봤는데, 이번에는 발동률 100퍼센트로 반드시 적을 깎아서 쓰러뜨렸다.

"역시 HP가 줄어드니까 괜찮게 변하네~."

"그래, 이 정도로 해준다면 쓸만한 느낌이 들어!"

공격수단이 빈곤한 내게는 좋은 옵션일지도.

단, 암기 아츠가 한 전투에 한 번만 발동 가능하다는 게

뼈아프지만.

『그림자 화살』을 써버리면 동시에 『발도술』도 사용 불가가 된다.

각각 판정이 독립적이었다면 상당히 편했을 텐데 말이지.

그렇게 엿장수 마음대로 풀리지는 않는 모양이다.

예를 들어 『수면화살』을 넣은 『그림자 화살』로 상대를 재운 다음에 『데드 엔드』로 일격필살이라거나, 꽤 악랄해 보이는데―.

이걸 하기 위해서는 『그림자 화살』 ⇒ 『지팡이칼』합성 ⇒ 『데드 엔드』라는 순서를 밟을 수밖에 없다.

처음부터 『대롱 화살』, 『지팡이칼』이 아이템 박스에 있으면 『그림자 화살』을 쏜 시점에서 『데드 엔드』도 휘말려 들어서 그 전투 중에는 사용 불가가 되기 때문이다.

자, 그럼 다음에는 『수면화살』로 HP 1의 『그림자 화살』을 써보자!

"……오호라, 이쪽은 수면의 효과 시간이 30초가 3분으로 늘어나네. 아, 쓰러뜨려도 돼~."

"『에어리얼 크레센트』♪"

아~ 좋은 경치다.

나는 그렇게 눈호강을 하면서 메뉴 화면에서 탤런트 『스킬 체인』의 오의 데드 엔드 화면을 불러냈다.

지금은 『턴 오버』, 『파이널 스트라이크』, 『발도술』의 3종

합성으로 오의『데드 엔드』가 액티브 상태다.

무식한 대미지를 뽑아내는 우리의 로망포인 셈인데—.

이 편성을 조금 무너뜨렸다.

구체적으로는『턴 오버』,『파이널 스트라이크』,『그림자 화살』로 했다.

합성 성공! 완성된 오의는—『소울 스피어』인가. 흐음흐음—.

"좋았어, 최종 단계—『스킬 체인』으로 조합한 오의를 써보자."

"알았어. 다음이네~."

아키라는 근처에서 나온 밴디트 울프에게 스카이 폴의 충격파를 날려 대미지를 줬다. 그에 이끌려서 적은 아키라를 공격하기 시작했다.

변함없이 편리한 검이네. 스카이 폴.

자, 간다. 오의!

이건 무기를 부수기 때문에 지금의 내 호주머니로는 상당히 뼈아파서 몇 번이나 시험해볼 수 없다.

잘 봐둬야겠지!

"언제라도 괜찮아~ 렌."

"오케이, 간다. 오의『소울 스피어』!"

퓨우우우우우우우우우우웅!

오오오오오—! 뭔가 굉장한데!

대롱 화살 끝에서 발사된 것은, 이미 화살의 형태를 갖추지 않은, 보라색 광선이었다.

꿰뚫는 듯한 가느다란 빛은 상당한 고속으로 공중을 꾸물꾸물 불규칙적으로 나아가더니 밴디트 울프를 꿰뚫고 고공으로 사라졌다.

렌의 소울 스피어 발동. 밴디트 울프에 251의 대미지!
밴디트 울프는 독에 걸렸다.

대미지는 『데드 엔드』에 비하면 엄청 김빠지지만…….

오오, 그래도 독 도트댐이 더욱 늘어서 80이 되었어!

앗, 밴디트 울프가 힘이 다했나?

그리고 내가 들고 있던 대롱 화살도 『파이널 스트라이크』의 부작용으로 부서졌다.

아아, 또 무일푼에 한 걸음 다가섰네.

"오오오오오오오! 왠지 엄청 화려했네! 예뻤어!"

"응, 빛이 엄청 꾸물꾸물 날아갔지!"

그 광선의 스피드와 복잡한 움직임은…… 이거 유도탄인가?

왠지 호밍 레이저 같은 느낌이었는데.

그렇다면, 쏘면 독이나 수면이 필중으로 들어가는 오의라고 생각해도 되나?

우왓, 맞추면 일격필살인 데드 엔드와는 정반대의 성능이네.

그건 맞추는 게 까다로운 오의니까.

흠흠흠—.

이거 반드시 이 『소울 스피어』의 호밍 성능을 확인해봐야 겠어!

즉, 진심으로 피하는 표적이 필요하다—!

이런 잡몹으로는 아예 논외다.

"아키라, 장소를 바꾸겠어! 잠깐 훈련장으로 가보자."

훈련장은 마을 안에 있는 시설로, 시간당 공간을 빌려서 대인전 연습이나 지정한 적 몬스터와의 배틀이 가능하다.

경험치는 들어오지 않지만, 적의 모션 연구 같은 것에 사용한다.

배틀을 좋아한다면 자주 신세를 지게 되는 시설이다.

우리도 몇 번 대인전을 하러 놀러 간 적이 있다.

그곳이라면 듀얼 전적에 등록되지 않고 싸울 수 있어서 편하기 때문이다.

뭐, 격투게임의 연습실이라고 생각하면 된다.

"응, 알았어. 근데 뭘 할 거야?"

"『소울 스피어』가 어느 정도로 추적하는지 알고 싶거든. 아키라에게 쏠 테니까 마음껏 도망쳐줘."

"그렇구나. 오케이. 그럼 가볼까."

"그래. 그나저나—."

"응?"

"『에어리얼 크레센트』 말인데. 아래에서 스커트 안이 보이니까 조심하는 편이 좋아."

"잠깐……?! 그, 그럼 처음부터 말해줬어야지! 실컷 봐놓고서 말하면 안 되잖아?! 렌 야해!"

아키라가 얼굴을 새빨갛게 물들이며 항의했다.

"이야~ 그만 말하는 걸 깜빡해서."

"거짓말이야……! 분명 거짓말이야……! 정말~!"

그런고로, 장소를 바꿔서 검증 속행이다!

우리는 장소를 훈련소로 옮겨서 『소울 스피어』의 검증을 이어갔다.

바깥에서 검증할 때 류는 나무 그늘에서 자고 있었지만, 지금은 기운차게 뀨뀨 거리면서 실내 높은 곳을 날고 있었다.

달리 아무도 없는 넓은 인스턴스 에어리어에서 상당한 거리를 벌리고 마주했다.

그 거리는 30미터 정도.

대롱 화살의 일반공격이나 『그림자 화살』의 사정거리는 10미터도 되지 않았었다.

그러나 이 레이저 광선 같은 『소울 스피어』라면─.

이 정도는 떨어져도 되지 않을까 하는 추측이 들었다.

"그럼 간다~! 전력으로 피해줘~!"

"응~! 알았어~!"

내가 부르자 아키라는 웃으며 손을 흔들었다.

좋아, 그럼—.

"오의 『소울 스피어』!"

푸슈우우우우웅!

내가 대롱 화살을 불자, 보라색 레이저 광선으로밖에 보이지 않는 이펙트가 뛰쳐나왔다.

으~음, 이거 역시 꽤 멋있네.

게다가 30미터나 떨어져 있는데도 날아가는 것 같다.

그걸 본 아키라는 비스듬히 뒤로 거리를 벌리면서 달렸다.

사출된 『소울 스피어』는 아키라를 향해 복잡한 궤도를 그리며 쫓아갔다.

"우와와와왓……! 엄청 쫓아오네~!"

아키라도 전력으로 달렸지만 레이저 쪽이 그보다 빠르고, 추적도 정확했다.

이건, 맞겠네!

그러나— 눈앞에 레이저가 육박하자 아키라는 다른 행동을 취했다.

"『호크 스트라이크』!"

크게 뛰어올라 전방을 베는 한손검 아츠다.

이 움직임으로 인해, 아키라를 쫓아오던 레이저 광선을 점프로 뛰어넘어 회피에 성공했다.

크게 움직이는 아츠는 이렇게 긴급회피로도 응용할 수 있다.

"오~! 꽤 하네~!"

"그렇게 간단히 맞지는 않거든!"

즉석에서 그게 나오는 걸 보니 역시 액션 센스가 있다.

그런 아키라이기에 나도 좋은 검증을 할 수 있다. 감사 감사.

그러나 일단 표적에서 빗나간 레이저는 빙글 커브를 돌아서 다시 아키라의 뒤를 쫓아왔다.

"앗?! 에에잇!"

아키라는 이번에는 이쪽을 향해 달리면서 뒤로 검만 휘둘러 스카이 폴의 충격파를 쐈다.

후방에 충격파를 놔두는 느낌이다.

아키라를 쫓아오던 레이저는 충격파가 다가오자―.

꾸물텅 커브를 그리며 충돌을 회피했다.

오호라. 장애물은 회피하는 느낌인 건가? 우수하네.

그러나― 궤도가 크게 돌아가는 만큼, 아키라와 조금 거리가 벌어졌다.

그 사이 아키라는 맹렬하게 이쪽으로 대시했다.

나를 말려들게 할 셈이구나―!

노림수를 눈치챈 나는 거리를 벌리기 위해 달렸다.

"기다려어어어어어! 길동무다아아아아~!"

아키라가 즐겁게 쫓아왔다.

이렇게 반응이 좋은 상대라면 길동무를 노리는 일도 있을 법하네.

이런 경우, 쫓아오는 상대를 『지팡이칼』의 『발도술』로 썩 둑 베어버리는 게 좋겠다.

지금은 『지팡이칼』을 든 상태로 『소울 스피어』를 쐈으니까 이제 암기 아츠는 사용 불가능하지만.

이후에 취할 행동으로는, 『소울 스피어』를 쓰고 바로 『지 팡이칼』을 합성해서 상황을 지켜봐야겠다. 응, 진지하게 싸 울 때의 행동은 그렇게 하자. 메모메모.

그런 생각을 하는 사이 아키라는 성큼성큼 나를 쫓아왔다.

나도 달리고는 있지만, AGI 차이가 꽤 심해서 저쪽이 발 이 더 빠르다.

이대로 가면 이쪽이 붙잡힌다!

그럼 발을 묶어야지—!

나는 발을 멈추고 재빨리 디어질 서클을 영창.

MP의 8할을 소비해서 아키라의 발밑에 광범위하게 전개 했다.

디어질 서클은 둔화 효과가 있다.

이걸로 발을 묶으면 레이저가 따라잡는다!

아키라는 서클을 뚫고 나가려 했지만 스피드가 떨어졌다.

뒤에서 레이저가 쫓아왔다.

거리가 좁혀지고, 전개된 서클 위에 레이저가 올라섰다.

그리고, 또 빙글 커브를 그리며 방향 전환을 했다!

으응?! 어째서야, 장애물 같은 건 없잖아?!

그 뒤에도 레이저는 서클 바깥쪽을 빙글빙글 돌기만 할 뿐, 아키라가 있는 안쪽으로 들어가려 하지 않았다.

아— 혹시, 서클이 장애물 취급인가?

그걸 피해서 들어가려고 빙글빙글 돌고 있는 거구나!

이거 아키라가 서클을 뚫고 나올 때까지 맞지 않겠는데.

"이얍!"

내가 레이저의 궤도에 주의를 기울이는 사이 아키라가 다음 행동으로 이행했다.

서클 안쪽에서 다시 『호크 스트라이크』로 하늘을 날았다.

그리고 절묘하게 내 눈앞에 착지했다. 빠르고 능숙하다!

곧바로 덥석! 안겨버렸다.

"잠깐……! 야, 이거 놔!"

"흐흐흐~응♪ 기뻐하라고. 미소녀의 허그잖아?"

아니 뭐 확실히, 몰랑몰랑하고 부드러워서 기분 좋기는 하지만!

피유우우우웅!

그 때 레이저가 착탄. 나와 아키라를 한꺼번에 꿰뚫었다.

직후 강렬한 잠기운 탓에 내 의식이 날아갔다.

화살이 수면화살이었으니까…….

—그리고, 눈이 뜨였다.

"응……?!"

뭐, 직격을 맞기 전의 상황으로 봐서는 당연하지만, 나는 아키라에게 안긴 채 쓰러져 있었다.

완벽하게 밀착된 감촉이 게임으로 보이지 않을 만큼 리얼하게 부드러웠다.

변함없이 영문 모를 집착이 느껴지는 게임이다.

"……."

그리고, 얼굴이 엄청 가깝습니다만—.

으~음, 가까이서 빤히 보니까 참으로 미소녀다.

조금 시선을 밑으로 내리자, 소드 댄서 의상의 크게 트인 가슴팍에서 박력 넘치는 계곡도 보였다.

오오오오. 엄청난 경치구만.

좋아, 모처럼 이렇게 됐으니 여기서는 아키라가 일어날 때까지 뚫어져라 바라보도록 하자.

빠안히…….

"저기, 렌~. 언제까지 보고 있을 거야?"

"우왓?! 이, 일어나 있었냐……!"

"조금 전부터 일어나 있었어~! 한동안 참고 있었지만, 정말 부끄럽다고~……."

"미, 미안미안……! 하하하하하! 불가항력이어서!"

"정말~……."

우리는 그렇게 이야기를 나누면서 몸을 일으켰다.

"뀨~뀨~!"

류가 내려와서 내 머리에 살포시 착지.

"아, 꼬리 뒤쪽에 선이 떠올랐어."

"오? 그럼 이제 곧 다음 스킬을 익힐 수 있겠네."

요전에 아우미슈르 대고분을 탐색한 뒤에 알게 된 건데, 수호룡의 성장 단계가 오르는 신호는 꼬리에 새로운 선이 그려지는 거라고 한다.

성장의 요인은 일반적인 식사나 마스터에게 달라붙어서 여러 체험을 하며 경험을 쌓는 것.

"다음에도 좋은 걸 익혀줘. 기대하마, 류!"

"뀨뀨뀨~!"

"근데, 어쩔까? 또 검증할래?"

"아니, 대충 알게 됐으니까 이 정도면 되겠지. 돈도 소재도 위험하니까, 이 이상 오의로 박살내는 것도 힘들어서……."

호주머니에 여유가 있을 때 좀 더 검증해보고 싶다.

그나저나 시급하게 돈벌이 수단이 필요하겠어. 길드숍을 번창시켜야지.

"그럼, 끝이네. 좋아, 그럼 다음에는 내 차례니까! 어딘가 좋은 경치 보러 가자~!"

그럼 이번에는 절경 마니아에게 어울려주기로 할까.

뭐, 상부상조, 기브 앤드 테이크니까.

그런고로 우리는 잠시 산책을 하다가 길드 하우스로 돌아왔다.

"오, 타카시로에 앗키 어서 와~! 두 사람한테 손님이 왔어~."

"응? 손님?"

짐작 가는 사람이 없는데…….

"누구일까?"

아키라가 고개를 갸웃했다.

아무튼 우리는 2층 거실로 올라갔다.

거기에는 낯선 여자아이가 있었다.

물색 머리 포니테일에 의연하고 날카로운 얼굴을 한 미소녀였다.

캐릭터 네임은 새파라니까 이 사람도 학생이다.

야마무라 유키노(3-C)

레벨 199   마검사   길드 마스터(미스틱 아츠)
신비한무예

으으응?! 아아, 지인이구나! 초대면이지만!

그보다 레벨 199라니 세네! 이쪽은 아직 30인데!

게다가 어느 길드의 길드 마스터인 모양이다.

"오오오, 유키노 선배! 안녕하세요!"

"와아~♪ 처음 보네요. 놀러 와주신 건가요?"

우리가 놀라자 유키노 선배가 만족스럽게 끄덕였다.

"여어, 렌에 아키라! 여기서는 처음 보는군. 두 사람에게 권유하러 왔다!"

"권유? 뭔데요?"

"듀얼로 놀자고 했잖아? 내일 대회가 있거든. 두 사람 모두 참가신청 해놨지!"

유키노 선배는 느닷없이 그런 말을 꺼냈다.

UW 안에서 우리는 부유도시 티르나에 위치한 레이그란트 마법학원의 학생으로 되어있다.

레이그란트 마법학원은 세계 최고의 교육기관으로 이름이 높고, 학생들의 의지에 따른 야외 활동에는 티르나 왕가의 공적인 보조도 약속되어 있다.

그게 길드 시스템이며, 보조란 길드 하우스 지급이다.

그리고 또한 뛰어난 활동성과를 거둔 길드에는 부유도시 티르나 주변에 위치하는 인공 부유섬의 영유도 인정해준다.

하사받은 인공 부유섬을 어떻게 쓰는지는 그 길드의 자유다.

지금 우리의 눈앞에는 가장 취미에 몰두한 용례가 있었다.

"오……! 저거구나—."

길드숍 거리에서 떨어진 도시 외곽부에 거대한 접이식 부두가 설치되어 있었다.

부두에 접현한 것은 한 인공 부유섬이다.

그곳에는 거대한 석조 돔이 놓였고, 이곳저곳에 축제처럼 거대한 풍선이 장식되어 있었다.

NPC나 플레이어 등등 많은 사람들이 부두를 지나 돔으로 향했다.

지금부터 시작되는 이벤트를 구경하기 위해서다.

"어떠냐? 훌륭하지? 저게 우리 길드의 투기장이다!"

유키노 선배가 자랑스럽게 가슴을 폈다.

그렇다. 이게 선배의 길드, 미스틱 아츠가 소유하는 인공 부유섬의 거대 투기장이다.

선배가 길드 마스터니까 그녀가 이곳의 오너라고 할 수 있다.

미스틱 아츠은 대인전(PVP)을 좋아하는 사람들의 모임으로, 그에 따라 이런 투기장을 지어버렸다고 한다. PVP충 무시무시하네.

이 거대한 시설이 대변해주듯이, 거대 유력 길드 중 하나다.

이 전용 투기장에서 배틀 이벤트를 이것저것 기획하고, 그 입장료나 시합 결과 토토를 해서 수익을 얻는다고 한다.

그리고 오늘은 보는 대로 행사가 있다.

나와 아키라는 그 출전 선수로 불려온 것이다.

상대가 유키노 선배처럼 레벨 200에 가깝다면 이길 생각도 들지 않겠지만, 오늘은 레벨 30 제한이 걸리는 봄의 신인전이라고 한다.

매년 하는 이벤트로, 직전에 있는 반 대항 미션의 MVP에게는 출전 오퍼를 보내게 된다.

그렇지만 상급생도 레벨 제한을 걸면 출전할 수 있다.

유키노 선배도 나온다고 한다. 우리와 듀얼을 하고 싶어

했으니까.

상급생은 아이템이나 탤런트가 우리보다 풍부하니까 분명 버겁겠지.

그러나 불려온 이상, 나는 전력을 다할 생각입니다!

여기서 무쌍을 벌여서 로망포의 위력을 세상에 널리 알리겠어!

마개조로 각성! 그리고 자이언트 킬링이라 이거죠!

노답스의 필두라 불리는 문장술사에게 빛을!

"우와~. 사람이 엄청 많네. 이런 많은 사람들 앞에서 싸우는 건 긴장되는데……"

"뭐, 아키라의 경우는 살색 성분 탓에 싫어도 주목이 모일 테니까."

"우우우우…… 그렇겠지? 조금 부끄러운데…… 대인전은 좋아하지만."

"괜찮아! 아키라는 귀여우니까 뭘 입어도 어울릴 거다! 이렇게 귀여운 아이일 줄이야, EF의 그 캐릭터에서는 상상도 못했었는데! 이봐, 렌 너도 그렇게 생각하지?"

"그렇죠~. 남자라고 생각했으니까, 여기서 만났을 때 죽을 만큼 쫄았다고요."

"하하하하, 그렇겠지. 그나저나 너희와 이렇게 즐길 수 있게 되어 나도 기쁘군. 오늘은 지지 않을 거다! 맞붙더라도 봐주지 않고 갈 거야."

오늘은 토너먼트전이라고 하니까 선배와 맞붙을지는 알수 없다.

뭐, 결승까지 올라가면 어딘가에서 부딪칠 것 같기도 하지만……

대진표는 아직 정해지지 않았고, 나중에 추첨한다고 한다.

"물론, 이쪽도 전력으로 갈 거라고요!"

"후후후, 렌은 즐거워 보이네~. 눈이 반짝반짝한데?"

"그야 절호의 어필 찬스니까! 상품도 나온다고 하고!"

잘 풀리면 빈곤한 환경에서 탈출할 수 있을 테니까!

"큐~큐큐~!"

"류도 기합이 들어갔네! 옳~지옳지. 우승하면 맛있는 걸 사다 줄게."

"이 아이는 류라는 이름인 거냐? 꼬마 수호룡은 귀엽구나."

"유키노 선배는 수호룡을 갖고 있지 않나요?"

아키라가 물었다.

"그래. 듀얼 사양상 수호룡은 원칙적으로 금지니까. 난 대인전에서 쓰지 못하는 건 좀 그래서."

"하하하. 변함없이 골수 대인전충이네요."

"렌이야말로 굳건한 비인기 직업 마니아 아니냐. 렌이 그 이상한 집착을 그만두고 대인전에 전념하면, 분명 나도 이기지 못할 것 같은데."

"그게~. 하지만 거기에 집착하지 않으면 제가 아니라고나 할까…… 즐겁지 않아서요."

"후훗. 뭐, 그렇겠지. 렌은 이러지 않으면 재미있지 않으니까. 문장술사로 뭘 해낼지 기대하고 있겠어."

우리는 담소를 나누며 부두를 건너 돔의 현관홀로 향했다.

그곳은 입장 티켓을 사는 사람들로 북적거렸지만 선배가 그곳을 피하도록 우리를 유도했다.

"선수 입구는 저기다. 따라와라. 대기실로 가자."

미스틱 아츠의 길드 멤버로 보이는 사람들이 경비를 서고 있었지만 유키노 선배를 보자 절도 있는 경례 포즈를 잡았다.

역시 길드 마스터구나. 오오, 굉장해.

"미스틱 아츠는 선배가 만든 건가요?"

"아니, 내가 들어오기 전부터 있었지. 이 투기장도. 나는 이어받았을 뿐이야. 길드 마스터 결정전에서 우승해버렸거든. 솔직히 성미에는 안 맞지만."

그렇겠지. 지금까지 다른 게임에서 만난 유키노 선배는 조직의 리더라기보다는 금욕적인 장인 기질이라, 자기와 홀로 마주 보는 타입이었으니까.

"뭐, 기본적으로는 모두 취미의 방향성이 일치해서 딱히 문제는 없어."

그리고 지하로 내려와서 조금 나가자 문 앞에서 유키노 선배가 멈춰 섰다.

"좋아, 도착했다."

문을 열고 안으로 들어가자—.

바로 근처에 낯익은 얼굴이 있었다.

"어라? 카타오카냐?"

"오오? 타카시로, 너도 엔트리한 거냐."

카타오카 신이치(1-B)
레벨 31　도적(로그)　소속 길드　널리지 레이크(지식의 샘)

뭐, 이 녀석은 여왕벌을 좋아하는 일벌 플레이어다.

여왕벌을 모시기 위한 게임 지식을 얻으려고 정보상 길드에 들어간 녀석이다.

어느 의미로는 금욕적인 녀석이다. 이해는 할 수 없지만…….

그리고, 이 녀석이 있는 곳에는—.

아카바네 노조미(1-B)
레벨 34　소드 댄서　소속 길드　트루 폼(진실된 모습)

응, 카타오카의 여왕벌이다. 같이 있었던 모양이다.

근데 전에 슬쩍 봤을 때— 이 아이, 아키라의 지인이라고 하던데?

"으젝?!"

아키라가 벌레 씹은 표정을 지었다.

그렇다. 아키라와 이 아카바네라는 사람은 현실에서 알고 지내던 사이 같단 말이지.

어떤 관계인지는 모르지만…….

얼굴을 마주한 두 사람 사이에는 찌릿찌릿한 분위기가 감돌고 있었다.

"어머, 아키라. 남의 얼굴을 보고 그런 태도라니, 인사가 너무 심하지 않나요."

"……미안하네요. 나는 기뻐하면 이런 얼굴이 되는 병에 걸렸거든요. 만나서 기쁜데요? 그럼 평안하시길!"

"거짓말하지 말아요! 아무리 봐도 싫어하고 있잖아요! 정말이지, 당신은 아오야기 가의 영애로서 조금 자각이 부족하지 않나요? 이대로 가면 가문도 앞날이 뻔하네요."

아키라는 홱 고개를 돌리며 그대로 무시했다.

으~음, 험악하네. 아키라가 이런 표정을 짓는 건 처음 보는 걸지도.

내가 봤던 아키라는 언제나 싱글벙글 웃고 있으니까.

확실히 아키라네 집은 화족의 계보를 이은 명가로, 할아버지는 국회의원에다 아버지는 경영자고, 집에는 주방장도 있다고 했던가. 엄청난 부잣집 아가씨다.

상류층의 세계는 상류층의 세계 나름대로 인간관계가 복잡한가 보네.

"……이런 곳에서 나와 만났는데, 놀라지 않네요?"

"당신도 이 학원을 다니고 있다는 건 알고 있었거든요."

"알고 있었다……? 그럼 왜 여느 때처럼 비아냥대러…… 아니, 아무 말도 하지 않았던 거죠?"

"어머, 누가 인사를 하러 가는지가 중요하잖아요? 아카바네 가가 먼저 무릎을 굽힐 수는 없으니, 나는 기다리고 있었답니다."

"그런가요. 그거 미안하네요."

카타오카가 나를 콕콕 찔렀다.

"응? 뭔데?"

"저기, 아오야기는 노조미 님하고 아는 사이였어?"

"아아, 그런 것 같더라고. 나도 잘은 모르지만—."

"흐~응. 근데 말이야. 왠지 분위기 험악하지 않아?"

"그러게. 네가 조금 풀고 와."

"뭐엇?! 내가 가는 거냐—!"

"카타오카! 친근하게 시시덕거리지 말아요!"

"네, 노조미 님! 야 인마, 타카시로! 너 이 자식 기고만장하지 말라고! 좋은 기회야, 이번에는 날려버릴 테니까!"

"하하하……."

이것 참, 너 진짜 철두철미하게 일벌이구나. 흔들리지 않는 녀석이다.

"소용없어요. 카타오카는 얼마 전에 렌한테 듀얼에서 졌으니까, 이번에도 못 이길걸요."

"뭐라고요?! 카타오카! 한심하네요—!"

"후후후…… 일벌의 질로는 내가 더 유리한 것 같네요—."

"아니, 멋대로 일벌로 만들면 곤란하다고나 할까……."

"뭐 어때! 어제 실컷 검증에 어울려줬잖아!"

"야 타카시로! 일벌이 여왕벌을 부려먹지 말라고 얼마 전에 말했었잖아!"

"아니, 네가 떠들면 복잡해지니까 입 다물고 있어!"

꺄아꺄아 소란을 부리던 우리를 보다 못한 유키노 선배가 중재에 들어갔다.

"자자. 뭐가 뭔지는 모르겠지만 마음에 들지 않는다면 서로 시합에서 상대를 날려버리면 될 것 아니냐. 그편이 더 개운할 거다. 나머지는 시합에서, 어때!"

"……네, 유키노 선배."

우리는 대기실 안쪽으로 이동했다.

여기서 기다리라며 유키노 선배가 나가자 나는 아키라에게 물었다.

"아키라, 아카바네하고는 어떤 사인데?"

"아~ 응. 저쪽 집안도 화족의 계보인데……. 지역도 같아서 옛날부터 라이벌? 같은 느낌이거든. 그게, 우리 할아버지라든가, 의원을 하고 계시잖아? 저쪽도 똑같아서, 선거구 같은 것도 겹치거든."

"흐~응. 간단히 말해서 장사의 적수인가."

"맞아. 이쪽을 엄청 라이벌시하고 있어서, 언제나 저렇게 시비를 걸어오니까 상대하면 지쳐. 유치원부터 학교도 똑같았고. 설마 여기서도 똑같다니……."

"근데 뭐, 저쪽도 게임 좋아하잖아? 의외로 취미가 맞지 않을까?"

"뭐어? 그렇게 보이진 않는데……."

"봐봐, 직업도 똑같잖아."

"저쪽은 어떤지 모르겠지만, 이쪽은 렌 탓이거든!"

그때, 유키노 선배가 추첨 박스나 토너먼트표를 든 길드 멤버를 데리고 대기실로 돌아왔다.

오, 토너먼트 추첨이 시작되는 건가?

"다들 이렇게 모여줘서 고맙다. 오늘 이벤트를 주최하게 된 미스틱 아츠의 길드 마스터 야마무라 유키노다. 지금부터 토너먼트 추첨회를 시작하려고 한다. 그 전에 배틀의 규칙을 설명하자면, 사전에 공지한 대로 레벨 30 제한으로 싸우게 된다. 당연히 장비도 대상이 레벨 30 이하인 것밖에 쓰지 못하니까 주의해다오. 또한 수호룡은 배틀에는 참가할수 없어."

뭐, 가능하다면 너무 유리하니까. 어쩔 수 없나.

말하는 내용의 의미를 이해했는지, 류는 뀨…… 하고 유감스러워하고 있었다.

"그리고 상품 말이다만, 우승자에게는 이걸 지급하도록

하겠다."

유키노 선배는 장식이 들어간 연필 같은 걸 꺼내서 보여 줬다.

"이건 『레이브라의 마필(魔筆)』이라고 한다. 올봄의 신작 아이템이라고 하더군. 이번 플레이어 이벤트에서 학원 측이 제공해줬다."

흠……?

"어떤 효과가 있나요?"

참가자의 질문이 날아왔다.

"그게, 일반적인 펜 태블릿과 비슷하게 동작한다고 하더군."

흐흐음—? 낙서용 툴인가……?

전에 봤던 『디르의 마탁』 같은 식의 아이템이라는 건가.

으음…… 그렇게 자세히 알지는 못하지만, 여러 색으로 그 림을 그릴 수 있고, 그린 걸 보존할 수 있고, 그걸 복붙할 수도 있겠네…….

오오! 그렇다면 이걸로 그걸 이렇게 하면—?

이거 쓸만하잖아? 길드숍을 번창시킬 수 있지 않을까?

저건 신작 아이템이잖아? 그렇다면 경합하는 곳도 그리 많지 않겠지……?!

"쩌는데, 아키라. 나 저 아이템 엄청 갖고 싶어."

"응? 낙서하고 싶어? 마초를 그리는 법 가르쳐줄까?"

"아니야……! 돈이야, 저게 있다면 큰 돈벌이가 될지도 몰라……!"

저 아이템, 우리의 돈벌이를 위한 구세주가 될지도 모른다……!

"돈벌이라…… 확실히 길드 하우스의 가구를 사는 데 대부분 썼으니까, 뭔가 좋은 방법이 있으면 좋겠지만―. 저걸 얻으면 어떻게 되는데?"

"저걸로 검이나 갑옷이나, 가구도 좋고―. 그런 것들에 색칠을 해서 팔 수 있잖아. 내가 베이스 상품을 만들고, 색칠할 디자인은 야노에게 맡기는 거야. 야노의 그림이라면 잘 팔릴 거야."

"그러네, 유우나는 그림 센스가 있으니까."

"그래. 단순한 『우드 테이블』이나 『아이언 소드』라도, 디자인이 바뀌면 상품 가치가 생겨. 아이템을 가져와달라고 해도 돼."

"그런 일을 하는 숍은 본 적 없네. 그러고 보니 어째서일까?"

"왜냐하면, 평범하게 색칠을 하려면 수고가 너무 들어서 그래. 그림물감 같은 걸로 하나하나 그리면 시간을 너무 잡아먹어서 다른 걸 할 여유가 없어지고, 그만큼 인건비 탓에 요금도 비싸지잖아."

"그렇구나. 펜 태블릿 기능을 가졌으니까 한번 만든 디자인이라면 복붙할 수 있겠네. 그럼 생산효율이 대폭 올라갈 거야."

"맞아맞아. 그게 가능해지면 이익을 낼 수 있을 것 같거든. 저건 신작 아이템이라고 했잖아? 공급이 없으니까 그런 장사가 아직 유행하지 않은 거야. 지금이라면 선행자 특권으로 폭리를 취할 수 있어……!"

이런 건 단연 선행자가 유리하다! 먼저 하는 게 임자!

다행히 우리는 필요한 디자인 스킬을 가진 야노가 있다.

상품 퀄리티도 충분한 것들을 준비할 수 있다.

이걸 하지 않을 수는 없어!

"괜찮네. 승산도 있어 보이고 재미있을 것 같아……!"

"좋아. 나나 아키라가 반드시 이겨서, 저 아이템을 갖고 돌아가자……!"

"응. 열심히 하자—!"

대진표가 중요하겠네. 대진표가.

"좋아, 그럼 추첨을 시작하자. 이름을 불린 사람부터 제비를 뽑아다오."

유키노 선배가 호령하며 추첨이 시작됐다.

가능하면 나와 아키라가 결승까지 맞붙지 않는 게 바람직하다.

벽에 붙은 토너먼트표의 출전 칸은 32개였다.

16개씩 좌우로 나뉜 멤버들이 이기고 올라가면서 중앙에서 마지막으로 일대 일로 붙는 느낌.

아키라와 반대 사이드 희망. 반대 사이드 희망.

이윽고—.

"좋아, 그럼 바로 시작하자! 표 왼쪽 위의 대진부터 순서대로 시합을 진행할 테니, 자기 차례가 되면 무대로 올라와다오! 다들 오늘은 즐기고 가라!"

"""오오오오오~!"""

환호성과 함께 대회가 시작되었다.

나는 다섯 번째 시합이니까 조금 기다려야 한다.

"좋아좋아, 아키라와는 결승까지 붙지 않겠네."

"응. 다행이네!"

나는 왼쪽 사이드, 아키라는 오른쪽 사이드로 나뉘어서 결승까지 맞붙지 않는다.

도중에 맞붙는 건 피할 수 있었다.

참고로 유키노 선배나 조금 전의 아카바네는 내 사이드에 있으니까, 도중에 맞붙을 가능성이 있다. 카타오카는 아키라 쪽 사이드다.

"렌과 나는 8강전에서 맞붙는 대진이로군. 후후후. 이거 기대되는데."

유키노 선배가 찾아와서 씨익 웃었다.

"렌이라면 걱정할 것 없다고 생각하지만, 나와 붙기 전까지 지지 말라고?"

"그야 물론, 그럴 생각이죠!"

"과연 어떨까."

으응? 다른 곳에서 누군가가 끼어들었다.

야마무라 호무라(3-A)
레벨 191   마도사^{위저드}   길드 마스터(그랑 뮤지엄^{전람 박물관})

야마무라……?

유키노 선배와 닮은 얼굴인데, 이쪽은 새빨간 머리색의 트윈테일이다.

"유키노 선배. 이 사람은—?"

"몰라. 나의 뇌내 디스플레이에는 아무것도 비치지 않고 있어."

"훗. 뇌근육이 도져서 드디어 시각 신경까지 당해버렸나 보네. 불쌍한 녀석!"

"아앙?! 꾀죄죄한 아이템충 따위는 시야에 들어오지 않도록 최적화했을 뿐이다!"

"대놓고 이쪽 노려보고 있었잖아! 너 다 보고 있잖아!"

뭔가 서로 성대하게 디스하기 시작했는데.

"저기. 호무라 선배는 유키노 선배하고 어떤……."

아키라가 슬그머니 끼어들었다.

"쌍둥이야! 같은 취급 받고 싶지는 않지만!"

아아, 역시나. 두 사람 닮았단 말이지.

색상은 푸른색과 붉은색으로 정반대지만…….

"흥. 참고로 내가 언니니까 내가 더 잘났다. 기억해둬라."

"고작 몇 초 차이 갖고 뭘 잘난 척하는 거야 이 뇌근육!"

"시끄럽다 하이에나! 아이템의 기척이 나면 바로 냄새 맡기는!"

"우리 뮤지엄에는 아직 『레이브라의 마필』이 없거든. 얻어 내기 위해서라면 뇌근육 놈들의 축제라도 참가해주겠어!"

"뮤지엄?"

내가 물어보자 호무라 선배의 눈이 반짝반짝 빛났다.

"우리 길드는 말이지, 아이템 컬렉터 집단이야. 모든 아이템을 컴플릿해서, 뮤지엄에 전시하는 게 꿈이거든! 기왕 게임을 하는 거니까, 모든 아이템 그래픽을 보고 싶잖아? 컴플릿하고 싶잖아!"

"헤에~ 재미있어 보이네요."

"조금 보고 싶을지도…….'"

"오오! 너희 두 사람은 말이 통하네! 그럼 다음에 보러 와. 자, 장소는 여기니까."

지도가 든 스티커 같은 걸 받았다.

"아, 고맙습니다."

"이 녀석! 렌과 아키라는 이쪽 편이야! 이 녀석들은 아이템을 위해서라면 어떤 일이든 하는 썩어빠진 악당들이라고!"

"유키노! 무슨 남 듣기 안 좋은 소리를 하는 거야!"

"그저 원거리에서 집단 마법으로 적을 태워버리고 아이템을 회수하기만 하는 재미없는 녀석들이란 말이다! 배틀 시스템에 대한 모독이야, 아무런 재미도 없어! 무슨 즐거움으로 게임을 하는 거냐!"

"상관없잖아, 그러는 편이 간단히 아이템 모을 수 있으니까! 너희는 배틀을 위해서라면 그 어떤 아이템도 휙휙 내던지는 뇌근육이잖아! 태연하게 0이 될 때까지 라스트 엘으서 써버리는 바보잖아! 상식적으로 생각해서 하나는 보존용으로 남겨두는 거 아냐?"

아무래도 이 두 사람, 서로 신조가 맞지 않는 것 같다.

뭐, 어느 쪽도 게임을 좋아한다는 건 알 수 있다.

그리고 고집이 센 건 두 사람 모두 똑같아 보인다.

그래서일까. 서로 욕설을 퍼부으면서도 그리 사이가 나빠 보이는 느낌은 아니었다.

싸울 만큼 사이가 좋다— 라는 느낌일까? 뭐, 쌍둥이니까.

"흥, 이제 됐다! 렌, 너는 이 녀석에게 절대 지면 안 돼. 나와 배틀을 하자고!"

"아, 저는 한번 이기면 다음에는 호무라 선배하고 붙네요."

"그러네. 미안하지만 내가 이길 거야!"

"바~보. 제대로 PVP에 몰입하지도 않는 네가 렌에게 이길 것 같냐?"

"그래도 쟨 아직 레벨 30이고, 문장술사잖아! 아이템도 탤런트도 이쪽이 더 많이 모았고!"

"뭐, 저도 질 수는 없으니까 진지하게 하도록 하죠."

"그래. 원망하기 없기야~."

자, 슬슬 내 차례도 다가왔다.

호무라 선배 앞에서 1회전에서 당해버리면 쪽팔린다.

제대로 장비나 탤런트 설정을 재확인할까—.

어디, 지금의 내 스테이터스를 확인해보자.

■PAGE 1/3

【캐릭터 스테이터스】

직업: 문장술사

레벨: 30

HP: 944/944

MP: 330/330

AP: 0/300

근력
STR: 49
내구
VIT: 171
재주
DEX: 60
민첩
AGI: 71
지성
INT: 121
정신
MND: 105
매력
CHR: 82

탤런트 1: 암기술사

　　〈효과〉 암기 계통의 무기를 장비할 수 있게 된다.

탤런트 2: 스킬 체인

　　〈효과〉 스킬·아츠를 세 개까지 연결해서 오의를
　　만든다.

탤런트 3: 파이널 스트라이크

　　〈효과〉 스킬 「파이널 스트라이크」를 습득.

탤런트 4: 유동 작업

　　〈효과〉 합성 모션을 스킵해서 실행 가능.
　　단 품질향상 효과 없음.

탤런트 5: 스킬 체인

　　〈효과〉 스킬·아츠를 세 개까지 연결해서 오의를
　　만든다.

LUB: 0
MEP: 0

소지금: 130미라

【장비 일람】

메인 웨폰: 광신자의 지팡이(O)

서브 웨폰: 없음

레인지 웨폰: 대롱 화살(OEX)

화살, 탄약: 수면화살

머리: 엘더 서클릿

몸통: 엘더 로브

팔: 엘더 글러브

다리: 엘더 팬츠

발: 엘더 슈즈

액세서리 1: 이큅 링

액세서리 2: 패리 링

LUB의 VIT 몰빵은 절찬 지속 중이다.

나의 VIT는 어지간한 탱커에게도 지지 않을 거다.

VIT에 의존하는 HP도 후열 직업으로서는 무척 높다.

탤런트에 『스킬 체인』이 두 개 있는 건 암기 오의를 두 개 쓰기 때문이다.

『스킬 체인』은 다수의 탤런트 칸에 중복시킬 수 있다.

그렇지만 두 개나 투자하는 건 괴롭다.

다른 후보가 있다면 그쪽으로 했겠지만 다른 건 『매직 인게이지』밖에 없다.

그건 혼자서는 도움이 되지 않으므로 『스킬 체인』쪽이 좋다.

소지금은 경이로운 캔커피 단가. 빈곤해서 곤란하다니까.

장비는 일단 가드 성능이 높은 『광신자의 지팡이』로 배틀에 들어간다.

이건 적절할 때 지팡이칼로 교환할 거다.

신병기인 대롱 화살도 당연히 장비. 탄은 수면화살로 간다.

독화살은 아이템으로 해독하면 그걸로 끝이니까.

엘더 시리즈 세트는 레벨에 맞는 후열 장비다.

솔직히 일단 모아놨다는 영역에서 벗어나지 않는다. 공을 들이려고 마음먹었으면 조금 더 공을 들일 수 있었을 거다.

그리고 액세서리인 『이큅 링』, 『패리 링』에 대해서.

이큅 링

　　종류 : 액세서리　　장비 가능 레벨 : 10

　　특수성능 : 장비 변경을 음성에 의한 쇼트컷으로 행할
　　　　　　　　수 있다.

　　탤런트 『퀵 체인지』와 동일한 효과

『퀵 체인지』의 효과는 이른바 『갈아입기』가 가능해진다는 거다.

예를 들어 지금의 내 장비를 장비 세트 A라고 치고, 세트 B는 다음과 같이 해놨다.

【장비 세트 B】

　　메인 웨폰: 지팡이칼(OEX)

　　서브 웨폰: 없음

　　레인지 웨폰: 대롱 화살(OEX)

　　화살, 탄약: 수면화살

　　머리: 엘더 서클릿

　　몸통: 엘더 로브

　　팔: 엘더 글러브

　　다리: 엘더 팬츠

　　발: 엘더 슈즈

　　엑세서리 1: 이큅 링

　　엑세서리 2: 패리 링

메인 웨폰이 다를 뿐이지만, 장비 세트 A와 B를 적재적소에 부를 수 있기에 일일이 아이템 윈도우를 열어서 장비 변경을 하지 않아도 무기를 갈아낄 수 있다.

『데드 엔드』이후 가드를 위해 『광신자의 지팡이』를 장비하는 것도, 『광신자의 지팡이』로 가드하던 상태에서 공격으로 이행할 때 『지팡이칼』로 갈아끼는 것도, 지금까지는 수동 작업으로 해왔었지만 그건 커다란 빈틈이 되었다. 그 틈을 지울 수 있다. 이건 크다.

그밖에도 예를 들어, 마법을 쏠 때만 마법 공격력을 올리고 수비력을 내리는 장비로 변경하거나, 공격을 맞는 게 확정일 때만 수비력을 올리고 공격력을 내리는 장비로 바꾸거나 하는 운영이 가능해진다.

이게 있으면, 예를 들어 일반공격용, 아츠용, 마법용 등등 용도에 따라 최적 장비를 준비할 수 있게 되니까, 이것저것 보유할 장비의 숫자가 점점 늘어나서 아이템 박스가 엄청나게 되어버리는 게 일상다반사다.

하지만 어쩔 수 없다. 나는 공을 들이고 싶거든! 세밀하게 생각하고 싶단 말이지!

온라인 게임 폐인은 그런 거라니까!

뭐, 그런고로 갈아입기가 가능하다면 당연히 쓴다.

그러므로 『이큅 링』은 절대로 장비에서 해제할 수 없다.

참고로 어떻게 입수했느냐면, 요전에 아우미슈르 대고분에서 길드 설립 허가증을 얻었을 때 내가 적과 마라톤을 벌이는 사이 보물고에 숨어 들어갔던 일행들이 발견해서 얻어냈다.

전리품을 모두가 나눴을 때 나는 『이큅 링』을 받은 것이다.

그리고 또 하나의 액세서리.

패리 링
　　종류 : 액세서리　　장비 가능 레벨 : 28
　　특수성능 : 적의 공격을 가드했을 때, AP에 보너스를
　　　　　얻는다.

이것도 아우미슈르 대고분의 아이템이지만, 원래 소유자는 야노다.

오늘은 대회에 나간다고 해서 빌렸다.

효과는 설명문 그대로지만, 배틀 사양상 공격을 가드할 때 노 대미지면 AP가 쌓이지 않는다. 0이다.

그러나 이걸 장비하면 가드할 때 노 대미지라도 AP가 쌓인다는 점이 좋다.

VIT에 몰빵하고 가드 성능이 돌출된 『광신자의 지팡이』를 가진 나는 가드로 노 대미지가 빈발하니까, 내게 꽤 잘 맞는 장비다.

　■PAGE 2/3

【마법 일람】
디스트라 서클(소비 MP 5～∞ 재사용시간 0/10초)

디바이트 서클(소비 MP 5~∞ 재사용시간 0/10초)

디덱스 서클(소비 MP 5~∞ 재사용시간 0/10초)

디어질 서클(소비 MP 5~∞ 재사용시간 0/10초)

디인테 서클(소비 MP 5~∞ 재사용시간 0/10초)

디마인 서클(소비 MP 5~∞ 재사용시간 0/10초)

디카리스 서클(소비 MP 5~∞ 재사용시간 0/10초)

【스킬 일람】

턴 오버(재사용시간 0/300초)

〈효과〉 현재 HP와 MP를 바꾼다.　문장술사 전용

파이널 스트라이크(재사용시간 0/300초)

〈효과〉 다음 일격으로 무기가 소멸하지만 큰 대미지.

【아츠 일람】

차지 스펠(소비 AP 100)

〈효과〉 지팡이술. MP를 최대치의 20% 회복한다.

스팅 슛(소비 AP 50)

〈효과〉 지팡이술. 마력으로 지팡이를 조종하여 떨어진
　　　　적에게 날린다.　1회 공격.

윈드밀(소비 AP 50)

〈효과〉 지팡이술. 지팡이를 크게 스윙하며 쳐올리면서
　　　　 뛰어오른다.　1회 공격.

발도술(소비 AP 0)

〈효과〉 암기술. 허를 찌르며 강렬하게 칼을 뽑아 벤다.
　　　　 1회 공격.
　　　　 한 전투에 1회만 발동 가능. 현재 HP가 낮을수록
　　　　 대미지 상승.
　　　　 방어력 무시. 회피 불가.

그림자 화살(소비 AP 0)

〈효과〉 암기술. 사각을 찌르는 눈에 보이지 않는 화살을
　　　　 쏜다.　1회 공격.
　　　　 한 전투에 1회만 발동 가능.
　　　　 현재 HP가 낮을수록 화살의 추가효과 성능과
　　　　 발동률 업.
　　　　 방어력 무시. 회피 불가.

　지팡이 아츠로 『스팅 숏』과 『윈드밀』을 습득한 게 주된 변
경점이다.

　『스팅 숏』은 공격력이 INT 의존이지만 물리공격이므로 명

중률은 DEX에 의존한다.

즉, 맞지 않는다…… 쓸모가 없다…….

『윈드밀』은 공격력까지 STR의 영향을 받으니 더더욱 쓸모가 없다…….

그렇게 생각하겠지만, 모션이 승ㅇ권처럼 비스듬하게 위로 뛰어오르기 때문에 한손검의 『호크 스트라이크』처럼 회피기술로 응용할 수 있다.

그쪽에 비해 이동거리는 전혀 미치지 못하지만, 없는 것보단 낫다.

나로서는 AP를 소비하는 회피기라는 인식이다.

■PAGE 3/3

【오의 일람】

데드 엔드(턴 오버⇒파이널 스트라이크⇒발도술)

소울 스피어(턴 오버⇒파이널 스트라이크⇒그림자 화살
발동 가능)

오의는 두 종류. 상황에 따라서 나눠서 쓴다!

이 정도다. ─나머지는, 싸울 뿐.

"제5시합이 시작됩니다! 출전자분은 무대로 올라와 주세요!"

길드 스태프가 대기실로 찾아와서 그렇게 말했다.

자, 내 차례가 왔다! 마개조의 성과를 보여주마!

"렌, 열심히 해!"

"그래! 후후후…… 잘 보라고, 잘리기 직전의 육성선수가 마개조로 각성하는 모습을!"

"하하하…… 렌은 평소 그대로네."

나는 아키라의 배웅을 받아 투기장으로 이어지는 계단을 올라갔다.

계단을 오르자 원형 무대를 빙그르르 둘러싼 객석에서 와아 하는 환성이 쏟아졌다.

호호오. 꽤 사람이 많네! 이거 불타오르는데!

"어~이, 타카시로~! 꼭 이겨야 해!"

"타카시로, 힘내!"

오, 맨 앞줄 VIP석에 야노와 마에다가 있네.

오늘 두 사람은 유키노 선배가 준비해준 좋은 자리에서 견학한다.

"그래! 맡겨둬!"

손을 흔드는 두 사람에게 나도 손을 마주 흔들었다.

"이겨서 선물을 가지고 돌아갈 테니까! 기대하고 있어!"

"오오! 역시 우리 길드 마스터는 믿음직하다니까~!"

그러는 사이에 대전상대가 내 앞에 모습을 드러냈다.

얼굴까지 덮는 푸른 전신 갑주를 두르고, 머리 부분의 바이저만 올리고 있다.

보이는 얼굴은 뭐 평범하다. 조금 신경질적인가?

"여자아이 앞에서 폼을 잡고 싶은 건 이해하지만, 너무 들뜨다가는 나중에 졌을 때 쪽팔리다고?"

노무라 하야토(2-F)

레벨 30(제한 중)　중기사　소속 길드　피스메이커
평화의 수호자

피스메이커 사람인가. 이 길드는 잘 안다.

이른바 학생회인 모양이다. 그래서 이 길드의 길드 마스터가 학생회장이다.

이미 이 투기장에서부터 레벨 제한이 걸린 모양이라 상대 선배의 레벨도 30이었다.

"그야 확실히 폼 잡고 싶기는 하지만―. 여자아이 앞이라 그런 게 아니라, 노답스의 리더인 문장술사를 빛내고 싶을 뿐이라고요. 못난 아이일수록 귀여워서."

"네 취미는 모르겠지만, 문장술사로는 무리라고 생각하는데."

"기분 탓일걸요. 보면 안다고요."

"글쎄다? 뭐, 쪽팔리게 지더라도 원망하지는 말라고. 이쪽도 길드의 간판을 짊어지고 있으니까."

그렇게 이야기를 나누는 우리의 귓가에 장내 안내방송이 들려왔다.

『자, 이어지는 시합은 2-F의 노무라와 1-E의 타카시로의 대결이네요~. 노무라는 중기사, 타카시로는 이번 참가자 중에서 유일한 문장술사입니다. 또한, 노무라는 대형 길드 피스메이커의 부회장 중 한 명이고, 타카시로는 1학년 최초의 반 대항 미션 MVP입니다. 플레이어 해설인 야마무라 유키노 양, 볼거리는 뭘까요?』

중계까지 붙을 줄이야.

그나저나 어디서 들어본 목소리 같은데—?

『네. 이번에 문장술사로 참가하는 건 렌뿐입니다. 솔직히 공격능력이 낮은 후열 직업이니까 대인전에는 맞지 않습니다. 그걸로 어떤 전법을 취하는지를 주목하고 싶네요.』

『그렇군요, 감사합니다! 그나저나 저 개인적으로 타카시로는 제가 담당하는 반의 학생이라, 꼭 열심히 해줬으면 좋겠네요!』

으으으으응?!

나는 스탠드를 둘러보며 중계석을 찾았다.

역시나! 나카다 선생님! 뭐 하는 거야?!

"선생님은 뭘 하시는 건가요!"

『GM으로서 플레이어 이벤트를 지켜보면서, 취미인 실황 중계입니다~!』

취미인 건가. 취미라면 어쩔 수 없지.

그나저나 변함없이 솜사탕처럼 가벼운 분위기네.

『그럼, 두 사람 모두 준비는 되었겠죠? 듀얼 스타트!』

우리가 일정 거리로 떨어지자 나카다 선생님의 호령이 나왔다.

동시에 까앙, 종소리가 들렸다.

주변을 둘러싼 관중들의 흥분이 단숨에 올라갔다.

"자, 간다!"

갑옷의 바이저를 철컥 내린 선배는 완전 풀 아머 상태.

두꺼운 구조의 양손창을 빙글 일회전하고는 바로 『이름 외치기』를 발동했다.

그게 성공해서 나는 도발 상태가 되었다.

중기사가 가진 도발 스킬이다.

몬스터 상대라면 어그로를 높이는 효과지만, 대인전에서 사용하면 일정 시간 대상의 공격 목표를 강제로 자신에게 고정시키는 효과가 있다.

회복이나 강화조차 타깃을 빼앗으니, 그런 행위를 방해하는 것으로도 이어진다.

또한, 효과를 받는 상대는 자신과 일정 거리 이상 떨어지지 못하게 된다. 상대의 이동을 제한하고, 도망을 방지하는 효과가 있는 것이다.

상당히 강력하지만, 필중이 아니라 저항도 발동한다.

재사용 대기시간이 30초라 회전율도 좋아서 전선에서 이걸 팍팍 뿌리면 성가시기 그지없다. 역시 A랭크 평가의 스킬이다.

하지만— 일반적인 『이름 외치기』보다 사정거리가 넓은 기분이 드는데.

이렇게 멀리까지 닿았던가……. 아아, 그런 효과의 탤런트나 장비를 가진 것 같다.

하긴, 이것만 들어가면 내 자가 회복을 봉쇄하면서 효과 사정거리 밖으로 도망치지 못하게 할 수 있다. 강제로 근접전을 유도할 수 있는 것이다.

중기사의 튼튼함은 모든 직업 중에서도 톱이다. 중기사만이 장비 가능한 전신 갑옷은 물리공격을 50퍼센트 깎는 기능이 기본으로 붙기 때문이다.

항상 방패 가드가 발동하는 상태라고 생각해도 된다.

중기사에게 위협적인 건 마법 공격뿐이다.

선배는 단숨에 나와의 거리를 좁혀왔다.

일직선으로, 공격 이외는 생각하지 않는다는 돌격.

거리는 제한되어 있으니 내가 마법 영창에 들어가도 뭉개 버릴 수 있다.

중기사는 물리 공격에는 엄청 강하니까, 모션이 서로 겹치게 되어도 대미지 차이로 이긴다.

그럼 방어는 생각하지 않고, 돌격만이 있을 뿐─!

그런 생각을 하고 있겠지. 그건 일반적인 후열 직업군 상대라면 매우 합리적이다.

그러나 유감이군! 내게는 그런 피할 생각이 없는 녀석이 절호의 먹잇감이다.

상대가 50퍼센트 대미지컷이 있다면─.

상대 HP의 200%가 넘는 오버킬을 꽂아 넣으면 되는 거다!

나는 광범위 디어질 서클을 써서 MP를 텅 비웠다.

"장비변경, 세트 B!"

메인 웨폰을 『지팡이칼』로 변경.

"우오오오오오오오!"

선배가 사정거리 안으로 파고 들어왔다!

나는 마음속으로 손을 맞댔다. 자아…… 잘 먹겠습니다!

"오의―『데드 엔드』으으으!"

서거어어어어어어어억!

자전(紫電)의 일섬이 전신 풀 아머의 중기사를 휩쓸었다!

"뭣이잇?! 우와아아아아아아아악?!"

선배는 당구공처럼 날아가서 투기장 벽에 격돌하여 파묻혔다!

오~! 벽에 파묻히다니 처리가 세밀하네!

렌의 데드 엔드가 발동. 하야토에게 1311의 대미지!

렌은 하야토를 쓰러뜨렸다.

듀얼 종료! 렌의 승리입니다! 렌의 통산 전적은 2승 0패입니다.

로그가 그렇게 전해주었다.

훗…… 보았느냐, 150미터급 홈런을!

이쪽은 비거리에 자신이 있단 말이죠!

대미지컷을 당하든, 그 상태에서 일격필살을 시키면 되는 거라고요!

이건 기분 좋은 승리! 내게는 가장 상성이 좋은 상대였네.

일격필살이 가능한 녀석이 피할 생각도 없이 돌진하다니, 엄청난 이지 모드였다.

1-1에서 굼○를 밟는 것하고 아무런 차이가 없는 난이도였어.

회장은 순간 무슨 일이 일어났는지 몰라 조용해졌지만, 곧바로 터질 듯한 박수와 환성에 휩싸였다.

음, 손님들에게 나의 로망포를 보여드릴 수 있게 되어 만족이다.

이걸로 모두 흥미를 가져줬으면 좋겠다.

『이번 시합은 타카시로의 승리입니다~! 이야~ 높은 HP와 방어력을 자랑하는 중기사를 일격에 쓰러뜨리다니, 회장은 경악에 휩싸여 있습니다! 해설의 유키노 양, 지금 시합을 어떻게 보셨습니까?!』

『역시 저 오의가 모든 것이군요. 중기사인 그는 일격에 쓰러지고 말았습니다만, 무리도 아니라고 생각합니다. 저만한 일격을 문장술사인 렌이 펼치다니, 전혀 상정하지 못했을 테니까요―. 레벨 30이라는 제한에서는 저것에 비견되는 공격 수단은 존재하지 않을지도 모릅니다. 또한 방어수단도 한정 되고…… 저 오의는 경이적이네요. 저걸 가진 렌의 문장술사 는 저화력의 후열 직업이라는 모습이 아닙니다. 인식을 고칠 필요가 있을 것 같네요. 여기서 볼 수 있어서 다행입니다.』

『그렇군요. 감사합니다, 유키노 양! 그럼 다음 시합으로 넘 어가죠!』

그런 중계와 해설을 들으면서 나는 대기실로 돌아갔다.

아키라가 웃으며 나를 맞이해줬다.

"렌, 수고했어! 해냈네!"

"그럼! 뭐, 꽤 낙승이었지만. 아키라도 1회전 힘내!"

"응. 열심히 할게!"

거기서 다음 시합을 나가는 호무라 선배가 지나갔다.

선배는 나를 보고 약간 굳어진 미소를 짓고 있었다.

"너, 너 꽤 하네……! 상대로서 부족함이 없어!"

"흥, 쫄고 있는 주제에 무슨 허세를 부리는 거냐. 너도 렌 에게 원펀으로 당하고 와."

"오. 유키노 선배. 해설은 이제 괜찮나요?"

"그래, 내 시합도 가까우니까. 그런 건 성미에 안 맞으니까 사양하고 싶은데 말이지."

"유키노 선배. 길드 마스터니까요. 그것도 길드 마스터의 일인가요."

아키라가 말하자 유키노 선배가 고개를 내저었다.

"아니, 그거라면 길드 마스터 권한으로 다른 녀석에게 시켰겠지. 나카다 선생님의 지명이라서······. 선생님은 우리 길드의 초대 길드 마스터니까, 거스를 수도 없거든."

"그랬던 건가요?! 그러고 보니 우리 학교 졸업생이라고······."

"아, 자기가 있던 길드니까 중계 같은 걸 하며 분위기를 띄워주는 거구나."

"뭐, 협력해주시는 건 고맙긴 하지만. 그나저나 렌, 방금 시합은 좋았다. 회장도 화들짝 놀랐는지 흥겨워지더군."

"옙! 이게 마개조의 성과죠!"

"후후후······ 하지만 무시무시한 하이 리스크 하이 리턴이더군. HP를 단숨에 줄여서 대미지를 끌어올리는 거겠지? 오의를 쏜 직후에 HP 바가 1밀리미터가 되었던데. 그게 빗나가면 당하는 건 너야."

"문장술사가 그 정도의 대미지를 뽑으려면 그런 방향성밖에 없어서요."

"변함없이 하는 일이 극단적인 게 렌답군. 내가 그걸 깨부수고 이겨주겠어!"

"기대하고 있을게요!"

"그래······ 그렇구나. 그렇다면, 그걸―."

우리의 대화를 듣던 호무라 선배가 뭔가 복잡한 표정으로 고민하고 있었다.

"후후후, 기다리시지! 너희가 싸우기 전에 내가 너를 이기 겠어!"

"바보 같은 소리 말고 당장 시합이나 나가서 지고 와라. 아이템 모으는 것 말고는 능력이 없는 잔챙이를 신경 써줄 여유는 없어."

"흐흐응, 그럼 아이템에 의지할 뿐이야! 기대하고 있으라고!"

호무라 선배는 그런 말을 남기고 투기장으로 올라갔다.

"뭐, 저 녀석은 아무래도 좋지만— 렌."

"네?"

"문장술사 말인데. 지금은 아직 괜찮지만, 앞으로는 고생 할지도 몰라."

"그 말씀은?"

"그래. 문장술사와 암기술을 조합한 대미지 딜러화 말이 다. 우리도 검토하지 않은 건 아니야. 이래 봬도 대인전충의 모임이니까. 하지만—."

선배가 조금 말하기 힘들어했다.

하고 싶은 말은 바로 알 수 있었다.

"그렇군요. —결국 유행하지 않았다?"

"그래. 모든 공격의 돈낭비화와, 암기 자작이 강제되는 사 양이 운영면에서 크게 걸리적거렸거든. 앞으로 레벨이 올라 가면 모아야 하는 소재의 가격이 가속도적으로 올라가고, 합성 레벨도 올라가게 돼. 우리는 돈벌이나 합성 스킬 올리기가 힘들어서 말이지."

"흠흠……."

"무엇보다 레벨대가 올라감에 따라 방어적으로 강력한 수단도 나오니까……. 예를 들어 전투불능시의 자동 회복이나, 즉사급 대미지에 대한 무력화 같은 거지. 게다가 일격만큼은 확실히 강력하지만, 문장술사의 일반공격은 빈약해. 종합적인 화력은 낮아. ―결국, 막대한 러닝 코스트에 비해 대미지 딜러로서 쓰기가 상당히 힘든 거다."

"……즉, 지금은 괜찮지만 앞으로는 허덕이게 되니까, 결국 유행하지 않는다는 거네요."

"미안하다. 찬물을 끼얹는 말을 하게 돼서―."

"아뇨…… 후후후― 반대로 좋네요. 그걸 뛰어넘은 곳에 진정한 각성이 있는 거잖아요?! 이해하고말고요! 불타오르는데요!"

모두가 포기한 그 너머가 내 승부처라는 거다!

한계 저편이라는 녀석이지! 두근두근한데!

"하하하하. 렌에게는 쓸데없는 걱정이었던 것 같군. 역시 너는 재미있는 녀석이야!"

선배는 기뻐하며 웃었다. 왠지 좋아하는 것 같은데.

"뭐, 렌이니까요."

"그런데 선배, 암기 아츠는 한 전투에 1회밖에 쓰지 못하잖아요?"

"으응? 그게 어쨌다고……?"

"아뇨, 『파이널 스트라이크』로 박살낸 뒤에 『유동 작업』을 끼고 합성으로 만들면 한 번 더 쓸 수 있어서—"

"뭣이?! 그건 몰랐는데……? 그거라면— 아니, 그래도 스킬의 재사용 대기시간이 있으니까…… 연발은—."

내 옆에 있는 아키라의 어깨에 손을 탁 얹고, 반대쪽 손으로 가리켰다.

"아아, 소드 댄서인가! 조합하면 화력이 극적으로 올라가! 그렇군…… 아키라가 있으니까 렌은 아무런 주저 없이 문장술사를 할 수 있게 된 건가. 과연, 문장술사의 새로운 가능성…… 너라면 개척할 수 있을지도 모르겠어. 아무튼 문장술사를 하는 녀석 중에서 소드 댄서 여자 친구가 있는 녀석은 모르니까."

"아, 아아아니거든요오! 딱히 사귀는 건 아니라고요……!"

아키라가 얼굴을 붉히며 손을 파닥파닥 흔들었다.

"어라? 아닌 거냐. 그렇게 친하니까 틀림없이…… 이거 미안하게 됐네. 아아, 맞다. 렌. 그럼 내가 사귀어줄까?"

""에에에에에에에에엑?!""

나도 아키라도 깜짝 놀라 소리를 질렀고—.

"…………"

어라, 왠지 옆에서 온몸의 털이 곤두서는 듯한 무시무시한 기척이 느껴지는데…….

"농담이다. 핫핫핫. 놀랐나? 너희를 보고 있으면 놀리고 싶어져서 말이지."

선배가 씨익 웃으며 말했다.

아키라는 후우 하고 커다란 한숨을 쉬었다.

"지금 엄청 쫄았거든요!"

"미안미안. 아무래도 나는 무신경해서 안 되겠어. 실은 이 나이가 됐는데도 남자 친구를 갖고 싶다거나 하는 생각을 해본 적이 없거든! 게임이 즐거우니까, 하하하하."

유키노 선배답네. 털털한 사람이라니까.

"아뇨아뇨, 자기가 즐거운 일을 하는 게 최고라고요."

나도 그러니까!

우리 집의 교육방침은, 좋아하는 일을 끝까지 파고들어라! 라서 말이지.

그런고로―.

1회전의 다른 시합은 아키라에 유키노 선배, 호무라 선배, 그리고 아카바네가 문제없이 승리했다. 그리고 카타오카는 아쉽게도 1회전 패배……

아카바네는 엄청 차가운 눈으로 바라봤지만, 그게 조금

쾌감이었는지 왠지 약간 기뻐하고 있었다. 저 녀석의 생각은 잘 모르겠다…….

그리고 소드 댄서 차림의 아키라는 대인기였습니다!

본인은 무척 부끄러워했지만, 회장에 있는 남자들은 무척 좋아했다.

아카바네도 소드 댄서라서 아키라와 마찬가지로 많은 주목을 모았다.

하지만 아카바네는 그런 회장의 분위기는 거들떠보지도 않고 태연한 표정인 게 아키라와 대조적이었다.

단지, 두 사람 모두 관객의 하트를 꽉 붙잡은 것만은 틀림없다.

자, 1회전은 그런 느낌으로 끝났고, 대회는 2회전으로 이행했다.

나와 호무라 선배의 시합은 이제 곧 시작된다—.

"다음 시합을 시작합니다! 야마무라 호무라 양과 타카사키 렌 군! 입장해주세요!"

길드 스태프가 부르러 찾아왔다.

"좋아, 왔다! 갔다 올게!"

"힘내, 렌!"

나는 준비 오케이였지만 호무라 선배는 조금 다급한 모습이었다.

"자, 잠깐 기다려줘! 아직 준비가— 필요한 물건이 오지 않았어! 조금만 더 시간을……!"

"뒤에도 대기하는 분이 있으니 그런 요청은 응해드릴 수 없습니다. 입장을 거부하신다면 부전패가 됩니다만……."

……흐~음.

"아야야야얏! 아파, 배가 아파—! 실례지만 잠깐 화장실에……!"

나는 큰소리를 지르며 웅크렸다.

"괘, 괜찮아?! 어서 갔다 와!"

"죄, 죄송합니다—."

이건 인정하는 모양인지 부전패라고는 하지 않았다.

나는 일단 로그아웃해서 한동안 그대로 기다렸다.

아마 아키라가 눈치 빠르게 대응을—.

응. 단말에 메시지가 왔다.

『호무라 선배, 장비가 오는 걸 기다렸던 것 같아. 괜찮아, 지금 왔어.』

좋았어, 돌아가자!

"죄송합니다! 이제 괜찮아요!"

"그래—. 그럼 두 사람 모두 입장을 부탁드립니다!"

투기장으로 향하는 계단에서 호무라 선배가 내게 말을 걸었다.

"고마워. 기다려준 거구나. 서투른 연극이었지만."

"네? 꽤 잘 했다고 생각하는데……."

"하하하. 너, 유키노의 친구치고는 좋은 녀석이네. 그래도 시합에서는 지지 않을 거야……!"

"어떤 수단을 준비했는지 기대하고 있을게요!"

보아하니 호무라 선배의 장비는 로브가 검은색 일색이었던 것에서 새빨간 깃털 장식이 이곳저곳에 붙은, 하얀색 기조의 장비로 변했다. 겉으로 보면 호화롭고 멋있다.

이게 기다리고 있었다는 그 아이템인가? 내게 대응하는 장비인 거겠지.

자, 뭐가 날아올까— 우리는 투기장에 발을 들였다.

『자, 2회전의 다음 시합은— 앞서 경이로운 일격을 보여준 타카시로 렌과 그랑 뮤지엄의 길드 마스터, 야마무라 호무라의 시합입니다~! 그랑 뮤지엄은 길드 랭크에서도 톱10에 들어갈 만큼 유명한 길드입니다만, 길드 마스터가 직접 출전하다니 기합이 들어가 있네요! 해설의 유키노 양?!』

이번 시합도 나카다 선생님의 중계로 진행되는 모양이다.

『이번 시합의 부상인 레이브라의 마필이 목적이겠죠. 아이템에 사족을 못 쓰는 집단이니까요. 하지만 아이템 수집만 하고 있기 때문에, 대인전에 관해서는 경험 부족을 씻을 수 없습니다. 렌은 1학년입니다만 플레이어 스킬은 확실하니, 호무라에게 승산은 없겠죠. 일격에 당하면 될 거라 생각합니다.』

그걸 들은 호무라 선배가 화냈다.

"야, 거기 시끄러워! 공평하게 해설하라고! 공평하게!"

『그렇군요. 과연 유키노 양의 예언대로 흘러갈까요?! 저로서는 호무라가 장비한 로브가 신경 쓰이는데요…… 저건—?』

『저건…… 호무라가 써봤자 돼지 목에 진주 아닐까요—. 잘 쓰는 사람이 쓰면 상당히 렌을 괴롭히겠죠. 어떤 것인지는 보고 확인하시면 되리라 생각합니다.』

『그렇군요, 알겠습니다. 여러분 주목하시길!』

어떤 장비지—? 신경 쓰이네.

『그럼— 시합을 시작해주세요!』

나카다 선생님의 호령이 나왔다.

"후후후…… 기다려준 건 고맙지만, 그게 너의 치명적인 실수야. 이게 도착한 이상 지지 않으니까! 상당히 레어이긴 해도, 사용하도록 하겠어! 레벨 제한은 있지만, 사용하는 장비의 레어리티에는 제한이 없거든!"

호무라 선배는 대담하게 웃고는 소리 높여 외쳤다.

"자, 피닉스 클록이여!"

호령을 외친 호무라 선배는 엷은 녹색 빛에 휩싸였다.

그건 몇 초뿐이고, 빛은 바로 슬쩍 사라졌다.

그리고 호무라 선배의 스테이터스 표시에 천사의 고리 같은 아이콘이 나왔다.

"음—! 이건……!"

자동부활 아이콘이다!

전투 불능이 되면 한 번만 즉시 부활할 수 있는 상태다.

이건 아이콘 왼쪽 위에 1이라는 글자가 있으니까 레벨 1의 자동부활이다.

레벨 1은 최대 HP의 30퍼센트로 부활이다

보통은 전투 불능에서 복귀하면 쇠약 상태가 되어 각종 스테이터스가 대폭 저하된다.

그러나 듀얼 모드시의 자동부활은 쇠약이 없다.

쇠약으로 너무 약체화되면 부활의 의미가 없기 때문에 특별사양이다.

그렇군, 이게 대책인가……!

유키노 선배도 말했지만, HP를 1로 줄여 일격필살을 시키는 스타일인 내게 자동부활하는 상대는 상성이 나쁘다. 일격필살 스타일인데, 2격을 요구하게 되니까.

자동부활 후 즉시 공격을 당하면 매우 위험하다. 나는 빈사인 데다 각종 스킬의 재사용 대기시간이 흘러가는 상태로 적의 공격을 버텨내야만 한다.

그리고 오의 후에 한 번 더 쏠 때까지 기다리는 사이 적 측에서 다시 자동부활을 걸어버리면, 그야말로 어쩔 방도가 없어진다.

『오오오오, 나왔습니다. 인챈트 효과! 자동부활이 걸린 모양입니다! 그리고 이것이— 레벨 30 제한하에서는 제가 아는 한 유일한 자동부활 수단입니다! 승려의 자동부활 마법

습득도 레벨 35니까요! 단, 이 피닉스 클록은 환상의 검이라 불리는 스카이 폴에 필적하는 레어리티를 자랑하는 장비! 역시 아이템 컬렉터 집단! 좋은 장비를 모아두고 있네요!』

호무라 선배는 대담하게 씨익 웃었다.

"이걸 뮤지엄에서 옮기는 데 시간이 걸렸거든. 제때 맞춰서 온 이상, 네게 승산은 없어! 자, 각오하시지!"

자동부활 아이콘을 몸에 두른 호무라 선배가 마법 영창을 시작했다.

"장비변경, 세트 C!"

이걸로 내 무기 장비는 이렇게 된다.

메인 웨폰: 아이언 스태프
서브 웨폰: 없음

『광신자의 지팡이』는 가드 성능은 높지만, 특수성능이—.

특수성능 : INT −60   MND −60   MAX MP −50

물리 공격 가드에는 중용되지만, 마법 공격을 받아내는 건 힘들다.

마법방어와 관련된 수치가 너무 내려간다.

애초에 마법에 관해서는 가드 성능이라는 게 의미가 없으니까.

마법을 가드하려면 그것 전용의 성능이 필요하다.

일단 가드 모션을 취하면 어느 정도의 대미지 차단은 기대할 수 있긴 하지만.

그럼 조금이라도 INT나 MND를 올리는 아이언 스태프가 좋다.

호무라 선배가 마법 영창을 완료했다.

"『블레이즈 코팅』!"

호무라 선배의 전신이 새빨간 불꽃 이펙트에 휩싸였다.

이건 염속성 강화마법인가.

마법 효과가 지속되는 중에는 염속성의 속성 공격을 흡수하고, 또한 근접공격을 받으면 몸에 두른 불꽃이 덮쳐와 반격한다.

―그렇다면 즉⋯⋯.

지금 내가 선배에게 『데드 엔드』를 먹인다면.

선배는 일격으로 전투 불능 ⇒ 선배는 자동부활 ⇒ 나는 불꽃의 반격 대미지 ⇒ 나만 전투 불능.

이런 느낌이 되겠지⋯⋯. 이래서야 섣불리 손댈 수 없다.

아무튼, 기회를 엿볼 수밖에 없나.

이것저것 확인을 해봐야지. 이대로 승부에 나설 수는 없다.

불꽃 코팅이 완료된 호무라 선배가 이어서 마법을 외었다.

"플레어 스플릿!"

이쪽으로 내민 손바닥에서 작은 불꽃의 탄환이 3연사로 날아왔다.

마에다도 사용하던 파이어 볼보다 하나하나는 작지만, 속사성이 높다.

탄속도 더 빠르니까 이쪽이 실전에 더 어울릴지도 모른다.

나는 발사된 탄을 모두 가드했다.

가드를 했는데도 HP가 깎였지만, 아직 문제는 없다.

캐스팅 타임은 크지만 일단 HP 회복 포션도 갖고 있다.

피하려면 피할 수 있을지도 모르지만, 가드로 얻을 수 있는 AP를 갖고 싶었다.

"팍팍 가겠어!"

다시 플레어 스플릿이 날아왔다.

나는 다시 가드했고, 탄이 끊어진 직후 디인테 서클 영창을 개시.

호무라 선배의 발밑에 전개했다.

이건 INT를 내리는 서클 마법이다.

이 위에 올라가 있다면 호무라 선배의 마법 위력이 내려간다.

"흥—!"

선배는 외려던 마법을 중단하고 달려서 서클 범위에서 벗어났다.

뭐, 간단히 피할 수 있으니까 그야 피하겠지.

다시 날아오는 플레어 스플릿.

호무라의 플레어 스플릿이 발동. 렌은 가드. 40의 대미지.
호무라의 플레어 스플릿이 발동. 렌은 가드. 41의 대미지.
호무라의 플레어 스플릿이 발동. 렌은 가드. 40의 대미지.

대미지 로그가 세 번 연속 표시되었다.

조금씩 대미지가 축적되고 있지만—.

그때, 호무라 선배의 『블레이즈 코팅』의 효과가 끊어졌다.

—효과 시간은 2분 정도인가. 이건 확실히 파악해둬야겠네.

바로 다시 걸기 위해 재영창이 시작되었다.

그럼 이 틈에 나도—.

포션을 사용해서 줄어든 HP를 회복했다.

남은 수는 적지만, 여기서는 사용을 아낄 수 없다.

『블레이즈 코팅』을 다시 활성화한 선배는 포션을 사용하는 나를 보고 그럼 자기도 쓰겠다며 MP 회복 효과가 있는 매직 포션을 사용했다.

나보다 명확하게 포션 사용의 캐스팅 타임이 빠르다.

캐스팅 단축의 탤런트를 쓰고 있는 것처럼 보인다.

이걸로 거의 전황이 처음으로 돌아갔다.

그러나 선배는 다시 마찬가지로 플레어 스플릿을 쐈다.

진심으로 이쪽을 쓰러뜨리려 한다면 추가타를 가져오지

않으면 무한 루프일 텐데.

이번에 나는 날아오는 화염탄을 달려서 피했다.

거리도 있고, 탄 자체는 똑바로 날아올 뿐.

발을 멈추지 않으면 그렇게 고생하지 않고도 피할 수 있다.

내가 도망치기 시작하면 선배에게 변화가 있을까?

그렇게 생각했는데, 선배는 맞지 않는 플레어 스플릿을 계속 쏘기만 할 뿐.

……즉, 그래도 괜찮다고 생각하는 거다.

시간을 벌려고 하고 있다? 무엇을 위해—?

"플레어 스플릿!"

나는 달려서 그걸 피하고 이번에는 이쪽에서 마법을 썼다.

"디카리스 서클!"

CHR을 내리는 효과를 가진 서클이다.

솔직히 이건 내려가봤자 딱히 문제는 없는 스테이터스다.

저쪽도 그렇게 인식하고 있는지 딱히 피하지 않고 안에 머물고 있다.

그렇군, 이건 의미가 없는 행위라 인식하고 무시하는 건가—. 오케이 오케이.

그건 그렇고, 나는 생각을 이어갔다.

선배의 행동에 대해 짐작 가는 게 하나 있다.

아마 피닉스 클록이 가진 자동부활 인챈트의 재사용 가능시간을 기다리고 있는 거겠지.

재사용 대기시간이 끝나기 전에 당해버리면 부활은 할 수 있지만, 다음 자동부활을 걸려면 재사용 가능할 때까지 기다리지 않으면 안 된다.

그 사이 무방비해진다. 그걸 꺼리는 거다.

선배는 항상 자동부활에 걸린 상태를 유지하고 싶은 거다.

저래 봬도 신중한 성격을 가졌군.

조금 전 1회전에서 『데드 엔드』를 봤으니까 경계심을 드러내는 거다.

그럼, 행동 패턴을 바꿔서 나올 때가 선배가 안심하고 공격에 이행할 수 있는 때라 할 수 있다.

즉, 재사용 대기시간이 다 끝났다는 사인이다.

나는 그걸 기다리기로 하자.

그에 따라 자동부활 인챈트의 재사용 대기시간이 어느 정도인지 알 수 있다. 알아둬서 손해볼 건 없다.

"좋아—『파이널 스트라이크』……!"

나는 스킬 『파이널 스트라이크』를 단독으로 발동했다.

다음 일격으로 무기가 소멸하지만 큰 대미지를 줄 수 있는데—

실은 이 『다음 일격』을 언제 쓸지는 시간적으로 상당히 여유가 있다.

나의 검증 결과에 따르면, 30분 정도는 괜찮다.

어떻게 검증했냐고?

『파이널 스트라이크 발동』 ⇒ N분 대기 ⇒『발도술』의 반복 작업이다.

N을 1씩 카운트하면서『발도술』뒤에 무기가 부서지지 않는 분기점을 찾을 뿐. 실로 간단한 작업이었다.

그래,『지팡이칼』이 도합 30개 부서졌지만 그게 어때서?

그러나 그런 보람이 있어서 알게 된 것이 있다.

『파이널 스트라이크』를 쓴 후의 일격을 날릴 여유는 30분 있고, 스킬 자체의 재사용 대기시간은 5분이다.

즉—『파이널 스트라이크』 ⇒ 5분의 재사용시간 대기 ⇒ 폭딜 ⇒『파이널 스트라이크』 ⇒ 폭딜, 이라는 유사 2연타가 가능해지는 거다.

첫 번째『파이널 스트라이크』이후, 공격을 하지 않아도 스킬의 재사용 대기시간의 카운트는 진행된다. 5분 대기한 뒤에 발동을 약간 늦추는 게 포인트다.

『파이널 스트라이크』의 발동 지연 연타라고 이름 붙이자.

선배가 자동부활의 재사용 대기시간이 끝나기를 기다린다면, 나도 기다리자!

거기서 한동안 선배의 원거리 마법 공격이 이어졌고—.

이윽고 전투가 시작된 지 5분 정도 흘렀다.

"끝이 안 나네! 그럼 이쪽에서 가겠어!"

호무라 선배가 드디어 진심을 내기 시작했다.

"간다! 진심으로—!"

선배가 마법 영창을 끝냈다.

"『볼캐닉 플레임』!"

들어본 적 없는 마법이었다.

『언리미티드 월드 가이드북』에도 실려 있지 않았다.

마법이 발동하자, 내 머리 위쪽 공중에 불꽃으로 형성된 거대한 사자의 얼굴이 나타났다.

분노에 차 이빨을 드러내는 흉포한 표정이다.

"오오—!"

멋있어! 마에다가 용언마법으로 쓰는 디아볼릭 하울 같네!

"가라아아아아아아!"

호무라 선배의 호령이 떨어졌다.

불꽃 사자는 상공에서 맹렬하게 급강하했다.

그러나 가드하는 건 너무 안일하다. 움직임을 파악해야지.

그걸 확인하기 위해 나는 비스듬히 달렸다.

궤도에서 벗어나면 도망칠 수 있는 걸까?

아니면 소울 스피어처럼 유도탄일까?

나는 『볼캐닉 플레임』을 주목하면서 거리를 벌렸다.

불꽃 사자는 지면에 그대로 착탄했고—.

콰아아아아아아아아앙!

귀청을 찌르는 폭음과 함께 화려하게 터졌다.

착탄 위치에서 상당히 광범위에 걸쳐 폭염의 불꽃이 퍼져서 지면을 태웠다.

당연히 나도 그 범위 안이었다.

가드도 늦어서 그대로 마법을 맞았다.

호무라의 볼캐닉 플레임이 발동. 렌에게 422의 대미지.

"끅……!"

아파……! 절반이 날아갔나!

다음에는 확실히 가드해야겠다. 느닷없이 폭발하다니 예상 밖이었다.

저렇게 광범위로 폭발하면 여파를 피하는 건—.

아니, 저렇다면—.

아니아니, 뒷일을 생각하면 기본적으로 가드하는 게 낫다.

나카다 선생님의 중계가 들어왔다.

『오오, 나왔습니다. 저건 보스 몬스터 드롭 한정 스크롤로 습득할 수 있는 레어 마법입니다! 역시 좋은 장비를 갖고 있군요!』

『도저히 레벨 30이 습득할 수 있는 마법은 아니지만— 습득 자체는 레벨 30부터 가능하니까요. 이 레벨대에서는 파격적인 공격마법이 아닐까요.』

유키노 선배도 분위기에 맞춰줬다.

"한 방 더! 『볼캐닉 플레임』!"

이번에는 그냥 맞지는 않겠어ㅡ!

나는 호무라 선배의 영창을 보고 그녀를 향해 달렸다.

『볼캐닉 플레임』의 불꽃은 상당히 광범위하게 퍼지니까.

이것에 말려들게 만든다ㅡ!

퍼어어어어어어어엉!

호무라의 볼캐닉 플레임이 발동. 렌은 가드. 343의 대미지.
호무라의 볼캐닉 플레임이 발동. 호무라는 322 회복했다.

"앗?!"

『블레이즈 코팅』의 효과다! 완전히 까먹고 있었다.

아니, 어차피 이쪽은 선배의 HP를 1밀리미터도 깎지 않았다.

그래서 손해를 본 건 아니지만ㅡ.

그나저나 심플하게 강력한 전술이다.

사고 방지를 위해 자동부활을 유지하면서, 자기에게 불꽃 배리어를 치고 광범위 마법으로 폭격이라. 저렇게 광범위하게 공격을 뿌리면서 자기만 회복하는 게 매우 치사하다.

대책이라면 강력한 공격으로 순살을 노리고 싶지만, 자동으로 부활한단 말이지.

어떤 의미로는 단순하게 힘으로 밀어붙이는 전술이지만, 하는 일이 심플한 만큼 누구라도 실행할 수 있어서 범용성이 높다.

그다지 대인전에 익숙하지 않으니까 심플하면서도 강력한 전법으로 간다. ―그런 생각이었겠지.

호무라 선배도 꽤 하는데!

세세한 수읽기나 밀고 당기기를 무시하고 전술적 승리를 노리러 나왔군!

내 HP는 앞으로 100 남았다. 내가 완전히 궁지에 몰린 것 같지만, 만사 다 끝장난 건 아니다.

지금부터 역전― 노리지 못하는 건 아니다.

뇌내 시퀀스에는 승리 루트가 제대로 기재되어 있다!

"다음이 마지막이야―!"

호무라 선배가 『볼캐닉 플레임』 영창에 들어갔다.

"잠깐 기다리시죠!"

나는 사거리 안으로 접근해서 이미 발동해둔 파이널 스트라이크에 실어서 암기 아츠 『그림자 화살』을 사용했다.

"윽……?! 쿨쿨……."

렌의 그림자 화살이 발동! 호무라에게 75의 대미지!
호무라는 잠에 빠졌다.

좋아, 통했어!

선배의 움직임이 멈추자 바로 『대롱 화살』을 재합성했다.

『어이쿠, 호무라가 잠들었습니다. 이건 타카시로에게 큰 찬스네요! 오의를 날릴까요?!』

아니— 여기서는 대기!

1이라도 대미지를 가하면 바로 수면 효과가 끊어지고 만다.

그 때, 『파이널 스트라이크』의 재사용 대기시간이 끝났다.

좋아, 다음을 쏠 수 있어. 타이밍은 완벽해!

그리고 여기서 또 하나의 현상을 기다렸다—.

먼저 와라와라와라! 선배가 일어나기 전에—!

그리고 나의 소망대로 **그것**이 찾아왔다.

"좋았어!"

나는 즉시 뇌내 시퀀스의 다음 행동을 실행에 옮겼다.

조건은 갖춰졌다!

"장비변경, 세트 C!"

이걸로 내 원거리 장비는 이렇게 된다.

레인지 웨폰: 대롱 화살(OEX)
화살, 탄약: 수면화살

이제는 기다릴 뿐—.

뭘 기다리느냐면, 호무라 선배가 잠에서 깨어나는 걸 기다린다.

『이런, 타카시로가 움직이지 않네요? 지금 이 틈에 공격하지도 않고, 회복하지도 않습니다……! 뭔가 노리는 걸까요?!』

바로 그거죠, 선생님! 나는 한동안 가만히 대기했고―.

이윽고, 로그가 보였다.

호무라는 수면에서 회복됐다!

"응?! 큭! 어떻게 된 거야―!"

나는 즉시 마법 영창을 시작했다.

"『디카리스 서클』!"

서클 범위는 극대화로 해서 호무라 선배도 범위에 들어가도록.

단숨에 내 MP가 텅 비었다.

서클은 발동했지만 CHR를 내리는 효과이므로 의미는 없다.

그 때문에 호무라 선배는 그 자리에서 움직이지 않았다. 아까도 그랬다.

거기서 나는 신속하게 다음 행동을 취했다.

"오의 『스피어 소울』!"

푸슈우우우우웅!

보라색 레이저 광선 이펙트가 날아갔다!

"앗─?!"

선배가 복잡한 궤도로 날아오는 레이저에 순간 당황했다.

그러나─.

『소울 스피어』는 『디카리스 서클』안으로 들어갈 수 없다.

빙글빙글 주변을 돌기 시작했다.

얼마 전에 아키라와 검증할 때 확인한 현상이다.

『소울 스피어』의 레이저 광선은 서클을 장애물로 보고 피하려 한다.

약간 버그 냄새나는 거동이지만, 그렇게 되는 이상 이대로 활용하도록 하자!

선배는 『소울 스피어』의 거동에 정신이 팔려서 상황을 엿보기만 하고 있다.

축구로 비유하자면 공만 쫓는 사람이나 다름없다.

나는 그런 와중에도 멈추지 않고 이번에는 『지팡이칼』을 합성했다.

그리고 그대로 호무라 선배에게 달려갔다.

"으음─!"

내 행동을 눈치챈 선배가 『볼캐닉 플레임』을 영창했다.

오의를 썼기 때문에 내 HP는 1이다.

『볼캐닉 플레임』에 말려들면 결판이 난다.

지금까지 나는 『볼캐닉 플레임』을 힘겹게 가드하고 있었을 뿐이고 한 번도 상처 없이 넘어간 적이 없으니 맞을 거다—.

선배는 그렇게 생각한 것이다.

그 생각, 행동이 내 노림수 그대로다!

『볼캐닉 플레임』발동. 거대한 불꽃 사자의 얼굴이 내려왔다.

그것이 지면 아슬아슬하게 다가왔을 때—.

지금이다!

"『윈드밀』!"

지팡이 아츠로, 지팡이를 위로 쳐올리면서 승ㅇ권처럼 뛰어오르는 아츠다.

이걸로 나는 공중으로 높이 뛰어오른다.

퍼어어어어어엉!

『볼캐닉 플레임』이 착탄.

내 로그 윈도우에는 한 줄만 추가됐다.

호무라의 볼캐닉 플레임이 발동. 호무라는 326의 대미지!

나는 『윈드밀』로 뛰어올랐기 때문에 폭발을 회피해서 무사했다.

이때까지 그걸 가드하고 있었던 건, 이 막판에 취할 행동을 읽히지 않기 위해서다.

한번 보여주면 이런 가능성이 있다는 걸 알고 선배가 경계할 테니까.

"크으으윽……! 그렇구나, 효과가 끊어져서—!"

그렇다. 지금의 선배는 『블레이즈 코팅』의 효과가 끊어졌다.

조금 전 선배가 잠들어있는 사이에 내가 기다리던 **그것**이란, 『블레이즈 코팅』의 효과가 끊어지는 거였다.

선배가 일어나서 배리어를 다시 치기 전에, 단숨에 공격하기 위해서.

그리고 『볼캐닉 플레임』에 선배만 말려들게 해서 대미지를 가한다.

그렇게 되면—!

"큭—! 회복!"

선배는 포션을 쓰려고 했지만, 그 전에 『윈드밀』로 뛰어오른 내가 바로 근처에 착지했다.

이미 공중에서 무기는 지팡이칼로 변경해놓았다.

"먹어라아아아앗!"

착지한 즉시 HP 1 상태에서 암기 아츠 『발도술』을 발동!

날카로운 은빛 섬광이 날아가며 호무라 선배를 제대로 포착했다.

"꺄아아아아앗?!"

렌의 발도술이 발동. 호무라에게 452의 대미지!

일섬을 맞은 선배는 크게 날아가서 바닥에 부딪혔다.

공격 대미지로 인해 HP는 0이 되었다.

그러나 선배에게는 자동부활이 걸려있다.

엷은 색상의 다정한 빛이 순간 감싸더니, 두둥실 떠오르 듯이 일어났다.

레벨 1의 자동부활은 최대 HP의 30퍼센트 회복으로 부활하는 효과다.

"꽤 하네—!"

일어선 선배는 즉시 자동부활을 다시 걸려고 했다.

『발도술』로 날아간 선배와 나는 꽤나 거리가 벌어져 있었다.

이대로 가면 또 자동부활 모드에 들어가고 만다.

하지만—!

선배의 발밑에 주의! 그곳에는 빛의 문양은 없고, 그냥 지면이다.

즉— 선배는 이미, 전개되어 있던 디카리스 서클에서 나와버린 것이다.

퓨슈우우우우웅!

보라색 레이저 광선이 선배를 꿰뚫었다.

서클 바깥에서 기다리던 『소울 스피어』가 이때라는 듯이 자기 일을 해낸 것이다.

"앗—?! 이럴 수가……!"

렌의 소울 스피어가 발동. 호무라에게 251의 대미지!
렌은 호무라를 쓰러뜨렸다.
듀얼 종료! 렌의 승리입니다! 렌의 통산 전적은 3승 0패입니다.

""""오오오오오오오오오오?!""""
회장이 소란에 휩싸였다.
『어이쿠, 끝났습니다아아아아! 타카시로의 승리입니다!』
나카다 선생님의 중계가 울려퍼졌다.
"좋았어어어어어! 이겼다!"
솔직히 꽤 위험했다고! 하지만 긴장감이 있어서 즐거웠다!
초회 격파 후에 자동부활 재사용을 봉쇄하고 이기려면 틈을 주지 않고 연속공격으로 처치할 수밖에 없었다.
거기서 『소울 스피어』가 서클에 들어가지 않는 현상을 이용해서 딜레이를 주고, 한 번 격파한 후 바로 꽂히도록 조절했다.
자동부활 레벨 1은 HP 30퍼센트 회복이니까 『소울 스피어』로 충분히 쓰러뜨릴 수 있다고 판단했다.
그리고 『소울 스피어』가 마무리를 지어야 하므로, 초회 격파는 『발도술』에 의존하게 된다.

HP 1로 그냥 치게 되면 대미지가 부족하기 때문에 호무라 선배가 쓴 『볼캐닉 플레임』의 협력을 받기로 한 것이다.

이것이 내 뇌내 시퀀스에 의한 승리 루트의 개요다.

내가 생각해도 완벽하게 들어맞았네!

『이야~ 일련의 흐름이 참 훌륭했네요! 어떻게 보십니까, 해설의 유키노 양?!』

『훌륭하다고 말할 수밖에 없겠네요. 마지막에 보인 일련의 흐름— 렌은 저걸 모두 계산하고 있었을 겁니다. 속도와 정확성을 겸비한 사고력에, 대담한 실행력……. 역시 대인전 센스가 발군이군요. 제가 상대하기에 부족함이 없습니다. 시합이 기대되는군요.』

그렇게 해설하는 유키노 선배의 표정은 정말로 기뻐 보였다.

즐거워 보이니 다행이네. —그나저나 다음 배틀은 이번 이상으로 큰일일 것 같다.

좋아, 기합 넣고 가자! 상대는 유키노 선배일 테니까!

"렌! 축하해~! 마지막 콤보 굉장했어!"

대기실로 돌아가자 아키라가 흥분하며 나를 맞이했다.

"후후후— 봤어?! 내가 생각해도 잘 풀렸다니까!"

"응응! 멋있었어~!『소울 스피어』대기에서부터 자폭 유도 플러스『발도술』로 하나 깎고, 부활한 순간에 뒤늦게『소울 스피어』가 착탄! 자동부활을 다시 쓰기 전에 두 번째 격파! 맞지!"

한눈에 완벽하게 내 노림수를 이해하는 걸 보니 역시 마이 베스트 프렌드다.

"그렇게나 액션을 취하면서 용케 거기까지 생각했네! 마지막의『소울 스피어』가 맞는 부분에서는 공명의 함정! 이라는 느낌이라 보면서 기분 좋았어~!『소울 스피어』의 레이저가 완전히 관우로 보이더라니까!"

아키라는 눈을 반짝이고 살짝 뽕뽕 뛰면서 말했다.

아무래도 내 싸움이 무척 마음에 든 모양이다.

이러니저러니 해도 아키라가 기뻐해 주면 나도 기쁘다.

"하하하—『캑, 관우!』라고?"

이렇게 귀여운데도 희희낙락 삼국지 소재를 던져오는 건

어떤가 싶긴 해도?

아니 뭐, 어울려주긴 하겠지만.

"응응. 호무라 선배의 심경으로는 분명 그럴 거야."

"뭐, 이것도 확실히 검증을 해둔 덕분이야. 『소울 스피어』가 서클을 피하는 걸 몰랐다면 불가능한 작전이었으니까. 어울려줘서 고마워."

"천만의 말씀♪"

우리는 짜악 하이파이브를 나눴다.

그때, 호무라 선배가 다가왔다.

"타카시로, 잠깐 괜찮아?"

"아, 호무라 선배. 수고하셨어요."

"응, 수고. 너…… 강하네. 유키노가 인정할 만해—."

"아, 고맙습니다."

"분하긴 하지만, 깨끗하게 패배를 인정할게. 그리고, 네게 부탁이 있어."

"흐음, 뭔가요?"

"다음에는 분명 너랑 유키노가 시합을 하겠지?"

"그렇겠죠."

지금 유키노 선배는 시합 중이지만, 뭐 그렇게 되겠지.

실질적으로 그게 최종보스전이 될 예감이 든다.

"부탁이니까, 절대 저 녀석한테 지지 말아줘! 내가 지고 저 녀석이 이기면 나중에 기고만장해져서 짜증나거든! 둘다 지면 무승부로 노 카운트니까!"

"하하하. 뭐, 질 생각은 없으니까 열심히 하겠지만요—."

유키노 선배 상대니까.

절대로 이긴다고 말하기는 좀 그렇다.

"아니, 이겨주지 않으면 곤란해! 내 정신위생상! 그런고로 네게 힘을 빌려주겠어!"

"네? 힘을 빌려줘요?"

"응. 이걸 시합에 써서 이겨!"

호무라 선배는 내게 아이템을 건네줬다.

그것은—.

매의 극광석

종류 : 광석

설명 : 합성소재. 무기에 섞어서 단련하는 것으로,
매와 같은 재빠른 공격을 가능케 하는 마력광석.
매우 희귀해서, 산출되는 것 자체가 드물다.

"앗! 우옷!"

"앗?! 에엑! 이건—!"

나도, 보고 있던 아키라도 깜짝 놀랐다.

이건 엄청 비싼 아이템이잖아!

길드숍 거리에서 봤을 때는 어느 것도 200만 미라를 밑돌지 않는 가격이었다.

효과는 설명한 대로 합성소재인데, 무기와 합성하면 그 무기에 2회 공격할 힘을 준다.

하나의 공격 모션으로 2히트하게 된다.

모두의 동경, 2회 공격 무기를 작성하는 데 쓰이는 소재다.

매우 희귀해서 숍에 나도는 것 자체가 드물지만, 나오면 나오는 대로 상당한 고가다.

그런 걸 진짜로 건네주다니─?!

"잠깐만 기다려주세요! 이런 비싼 건 못 받는다고요!"

"사양할 것 없어. 그걸 사용한 무기로 저 녀석을 날려버려!"

"그래도 말이죠……. 제가 쓰면 이거 지팡이칼이 된다고요. 오의로 박살날 텐데요."

"알고 있어. 그걸로 이기면 되는 거잖아. 줄 테니까 써."

"아, 아무리 그래도 좀 아까운데요……."

한 방에 200만 미라짜리 오의가 완성됩니다만─.

아니아니, 너무 무섭잖아!

지금 난 130미라밖에 갖고 있지 않다고! 환금해서 200만 미라를 갖고 싶은데!

그쪽이 분명 장기적인 시점에서는 의의가 있을 거라고

"아, 역시 다른 것에 쓴다거나 환금하거나 하면 화낼 거야. 어디까지나 유키노 상대용이니까. 자, 돌이킬 수 없도록 지금 무기에 합성해버려. 보고 있을 테니까."

"으, 으으으으음……?"

"괜찮아. 이래 봬도 아이템충 길드의 길마거든. 그 정도는 줘도 별것 아니야. 그보다도 네가 이기는 게 더 중요하거든."

『매의 극광석』을 조합한 지팡이칼이라―.

그리고 그걸로 쓰는 『데드 엔드』―.

로망포에 200만 미라의 돈이 얹힌 모습이라…… 확실히 보고 싶기는 하다.

"저기, 아키라. 어떻게 생각해?"

"으응~? 뭐, 단순한 흥미로는 보고 싶긴 하지만……."

그렇지? 하긴 그럴 거다―.

으~음. 으~음. 으~음…….

"좋아― 알았어요! 할게요! 감사합니다!"

결국 호기심에 져버렸다! 보고 싶으니까 어쩔 수 없지!

후후후…… 두근두근해서 손이 떨리는데!

"응. 좋아! 그럼 합성해봐."

"옙!"

나는 간이 대장장이 툴 세트를 기동했다.

그리고 『아이언 소드』와 『매의 극광석』을 합성했다.

합성에 요구하는 레벨은 그리 높지 않아서 가볍게 합성했다.

그리고― 2회 공격이 부가된 『아이언 소드』가 완성됐다.

이름하여 『매의 아이언 소드』.

설명에도 2회 공격이라 기재되어 있었다.

"좋았어. 『지팡이칼』로 합성하는 건 배틀 중에 하고 싶어서요—."

"응, 알았어. 제대로 써줘."

"네."

『지팡이칼』로 바꿨을 때의 성능이라도 볼까.

합성 메뉴에서 『매의 아이언 소드』와 『아이언 스태프』의 조합을 골랐다.

합성 효과 예측 정보는 『지팡이칼』그대로다.

그러나— 암기 아츠의 표기에 차이가 있었다.

"호호오—!"

"오오오오~!"

나도 아키라도 놀라움의 목소리.

원래는 그냥 『발도술』인데—.

발도 츠바메가에시(소비 AP 0)

〈효과〉암기술. 허를 찔러서 강렬하게 뽑아 친 뒤,
    고속으로 연격을 날린다.
    2회 공격. 한 전투에 1회만 발동 가능. 현재 HP가
    낮을수록 대미지 상승.
    방어력 무시. 회피 불가.

『발도 츠바메가에시』라니! 굉장한데, 왠지 멋있잖아……?

매를 썼는데 츠바메(제비)라니 이건 대체 어떤가 싶긴 하지만, 사양이므로 어쩔 수 없다.

게임 세계는 사양이 정의니까.

야구로 따지면 심판이 룰 북인 셈이다.

"좋네! 뭔가 중2력이 올라가는 느낌이 들어!"

"오~! 어떻게 될지 기대되는데!"

"근데, 이걸로 오의를 쓰면 어떻게 될까?"

"어디어디—."

일단 화면으로 나온 아츠나 스킬이라면 『스킬 체인』의 합성 후보로 올릴 수 있다.

나는 『턴 오버』, 『파이널 스트라이크』, 『발도 츠바메가에시』를 세트.

그리고—.

데드 엔드 V(턴 오버 ⇒ 파이널 스트라이크 ⇒ 발도 츠바메가에시)

호호호~오! 이거 왔다! 이 V에 200만 미라의 가치가 있다는 거로군!

이렇게 되면 나는 쏠 거라고!

더블 밀리언의 불꽃을 날려버리겠어!

자— 다음 시합이 기대되는구만!

◆◇◆

어디, 나 말고 다른 사람들의 2회전 결과 말인데—.

뭐, 유키노 선배는 당연히 승리. 역시 다음에는 나와 유키노 선배가 붙게 되었다.

그리고 아키라도 제대로 이겼다. 역시 마이 베스트 프렌드.

『스카이 폴』이 가진 검에서 충격파를 날리는 공격 성능.

탤런트 『투신의 숨결』에 의한 AP 자동 회복.

또 『AP 한계돌파』에 의한 AP 최대치 상승 효과.

그리고 『스킬 체인』에 의한 오의로 강력한 대미지도 날린다.

『스카이 폴』의 충격파로 적을 견제하면서 『투신의 숨결』로 AP를 축적.

그걸 뚫고 나온 상대가 다가왔을 때 모인 AP를 이용한 오의로 요격이라는 카운터식 스타일이 완벽하게 들어맞았다.

『스카이 폴』의 견제력과 AP 자동 회복의 상성이 무척 좋다.

상대가 그 충격파로 골머리를 썩일 때, 아키라는 점점 AP를 채워서 오의로 처형 OK 상태가 되어버리니까.

다소 공격을 맞더라도 댄스로 즉시 회복할 수 있고, 역시 소드 댄서는 강하네.

단, 오늘은 『에어리얼 크레센트』는 자중하고 있는 모양이지만—.

왜 안 쓰나 물어보니『이런 곳에서 쓸 수 있을 리가 없잖아!』라며 게슴츠레 노려보더라고요.

뭐가 어찌 됐든, 반대 사이드에서 아키라도 순조롭게 이기고 있어서 다행이다.

가능하면 결승에서 아키라와 싸우면 좋겠네.

그리고, 아키라의 현실 지인인 아카바네도 남았다.

나와 유키노 선배 중에서 이긴 쪽이 다음에 그녀와 붙을 수도 있다.

—뭐, 이런 상황이다.

그리고 나와 유키노 선배는 투기장으로 가는 계단을 나란히 오르고 있는 도중이었다.

지금부터 나와 유키노 선배의 시합이 시작되는 거다.

"드디어 이때가 왔군, 렌! 좋은 시합을 하자!"

"잘 부탁드립니다!"

주먹 터치. 서로 건투를 빌었다!

"후후후…… 이 게임은 좋다니까. 정말로 사람이나 물건을 두들기거나 베는 감촉이 드니까. 다른 어떤 게임의 대인전보다 자극적이잖아? 후후후……."

"아니 무서워요, 무섭다고요! 왠지 뒤숭숭하잖아요!"

"음? 오오, 미안미안. 너무 두근두근해서."

이, 이 사람 괜찮은 건가……. 약간 걱정되는데!

"뭐, 아무튼 전력으로 덤벼라! 아무런 사양할 것 없으니까."

"네, 그럴 생각이에요!"

그런 말을 하지 않아도 200만 미라의 불꽃을 쏘아 올릴 생각이 넘쳐나니까요!

할 수 있다면야 안 할 수 없지! 나도 쏴보고 싶으니까!

게다가 『레브라의 마필』은 우리에게 꼭 필요하다.

목적을 위해서라면 인정사정 봐주지 않는 잔학 파이트지만, 나는 해주겠어! 귀신이 되겠다고!

우리가 등장하자 회장이 환성으로 가득 휩싸였다.

『자아! 다음 시합은 문장술사로 여기까지 이기고 올라온 기대의 초신성, 타카시로 렌과 이 대회를 주최하는 미스틱 아츠의 길드 마스터 야마무라 유키노의 대결입니다! 이번 대회에서 손꼽히는 근사한 카드라고 할 수 있겠죠! 플레이어 해설인 아오야키 아키라 양, 어떻게 보십니까?』

그렇다. 방금 아키라가 중계석으로 끌려가 버렸다.

『어어…… 그렇죠. 두 사람 모두 플레이어 스킬이 무척 높으니까, 하이 레벨의 시합을 기대할 수 있을 것 같아요. 저도 기대되네요.』

『그렇군요. 그럼 어느 쪽이 유리하다고 예상하시나요!』

『모르겠어요. 어느 쪽도 열심히 해줬으면 좋겠어요.』

『어이쿠! 모범적인 대답입니다만, 실은 타카시로를 응원하고 있는 거겠죠?!』

『네……?』

『두 사람은 입학 이전부터 게임 친구여서 무척 사이가 좋고, 지금도 사귀는 걸로밖에 보이지 않는다는 소문이 파다합니다만? 남친을 응원하는 건 당연한 것 아닌가요!』

그런 선생님의 중계에 회장이 웅성거리기 시작했다.

"뭣이라?! 오랜만에 나타난 미소녀 소드 댄서인데……!"

"우리의 아키라가아아아아아아아앗!"

"리얼충은 죽어야 해—! 죽어야 해—!"

"폭발해라아아아아아아아!"

윽, 왠지 내 쪽에 살기가 날아오고 있습니다만!

이미 이 회장에서 아키라와 아카바네는 아이돌급의 인기를 자랑하니까.

『아, 아아아아니거든요……!』

아키라는 부정했지만, 관객의 어그로는 내게 쏠리고 말았다.

그런 가운데 관객석에서 슬쩍 일어난 남자가 있었다.

"바보 같은 소리 하면서 떠들지 말라고! 저 녀석은 그런 게 아니야! 사귄다거나 안 사귄다거나 그런 건 아무래도 좋은, 숭고한 관계라고……! 알겠냐?! 아오야기는 타카시로의 여왕벌이야! 저 녀석은 열심히 일벌을 하고 있을 뿐이라고! 바보 취급하는 녀석은 내가 용서 못해!"

뭐, 발언 내용을 보면 간단히 상상할 수 있지만—.

그래, 카타오카. 너 관객석에 있었냐.

감싸주려고 한 건 고맙지만…… 영문을 모르겠는데.

"그렇군. 일벌이라면 어쩔 수 없지."

"오키. 알았어."

"그런 거라면 허가하지."

"동료였냐. 그렇구나, 열심히 하라고."

통했다아아아아아아!

뭐야, 다들 여왕벌이 한 명씩 있는 게 보통인 건가?! 그럴리 없지?

왠지 잘 모르겠지만, 관객의 어그로가 빠진 모양이다. 일단 카타오카 나이스!

"하하하. 렌도 큰일이구나."

"······나 원 참, 이라는 느낌이네요."

"뭐, 됐어. 그럼 우리의 배틀을 시작하도록 할까."

"그러죠!"

나와 유키노 선배는 조금 거리를 벌리고 마주 봤다.

자, 그럼— 유키노 선배는 마검사다.

대미지 딜러 중에서 최고의 우수 직업이기도 하다.

장비할 수 있는 무기는 단검, 한손검, 한손도끼, 한손곤봉 등의 한손 무기 전반.

스테이터스로는 STR이 평균 이상, DEX나 AGI는 상당히 높아서, 재빠른 데다 공격력도 있는 느낌이다.

또한 공격마법도 몇 가지 쓸 수 있기 때문에 INT도 낮지는 않다.

스테이터스로 보면 스피드형 마법검사라는 느낌이다.

마법검사는 다들 좋아하니까.

단, 그것만으로는 인기 NO.1 딜러의 자리를 결정짓기에는 약하다.

뭐가 좋으냐고 하면—.

"자, 해볼까. 렌!"

선배는 좌우 한손에 하나씩, 무기가 되는 양날 한손도끼를 들었다.

그렇다, 좌우에 하나씩— 이다.

마검사 최대의 특징은 역시 이 『이도류』다.

그렇다—. 모두가 좋아하는 『이도류』라고요!

역시 어떤 게임에서도 강한, 우수함의 상징이라고나 할까, 오히려 『이도류』가 존재하는 게임에서 그게 약하다면 불평이 나올 레벨이다.

이건 이미 국민적 인기 스킬이라고 말해도 과언이 아니다.

그러나— 내게는 어떤 게임에서도 눈앞을 가로막는 눈엣가시다!

용서할 수 없어—! 이번에도 내 앞을 가로막는 거냐, 『이도류』 녀석! 질 수 없지!

"네. 망캐 마이스터로서 『이도류』에게는 질 수 없거든요!"

나도 『광신자의 지팡이』를 들고 전투 준비.

—그리고, 마검사에 대한 설명을 이어가자면, 우선 레벨 1

부터 『이도류』를 쓸 수 있다.

『이도류』의 모션은 공격이 재빠르고, 공격수단이 늘어나기에 AP도 빨리 쌓여서 아츠를 고회전으로 쓸 수 있다.

또한 공격 모션 패턴이 무기 하나일 때보다 복잡해서 읽기 힘들기에 특히 대인전에서는 그게 유리하게 진행된다.

항상 상대에게 좌우 어느 쪽이 튀어나올지 모른다는 선택을 강요할 수 있는 것이다.

장비할 수 있는 무기 종류도 많고, 모션도 그에 따라 달라진다.

『이도류』 자체는 그밖에도 익히는 직업이 있지만, 레벨 1부터 익히는 건 마검사뿐이다.

장비 무기의 종류도 마검사가 가장 많다.

그리고 그걸 시작으로 마검사 전용인 『마검술』의 존재가 있다.

이건 AP를 소비해서 갖가지 효과를 일으키는 전용 아츠군이라고 해도 된다. 소드 댄서의 댄스 같은 것이다.

이것으로 무기에 마법의 힘을 부여해서 공격능력을 끌어올릴 수 있고, 덕분에 화력이 모든 대미지 딜러 중에서도 톱을 다투는 레벨이다.

또한 『마검술』 중에는 『섀도 슬레이브』라는 보조 기술도 있어서, 이게 이 직업의 성능을 은근슬쩍 폭등시키고 있다.

단일 공격을 발동률 100퍼센트의 분신으로 회피하는 기술인 거다.

AP 소비 기술이라 재사용 대기시간이 짧고, AP가 이어지는 한 분신이 유지된다.

마검사는 『이도류』로 AP를 쌓기 쉬우므로 항상 분신을 유지하는 것도 어렵지 않다.

그리고 배틀에서 적의 공격 목표가 되더라도 분신으로 회피해버리기 때문에 탱커의 지원을 받지 않더라도 당할 일이 없다.

공격력과 생존 능력을 겸비하고 있어서, 전열을 마검사가 굳힌다면 탱커조차 필요 없을지도 모른다.

솔직히 『섀도 슬레이브』를 유지하면서 『이도류』로 서걱서걱 두들기기만 해도 엄청 강하다.

어차피 분신으로 회피하니까 적의 타깃이 되더라도 상관없다.

어차피 분신으로 회피하니까 쓸데없는 가드 모션 같은 걸 생각할 필요도 없다.

오히려 그 사이 공격에 전념할 수 있으니까 더욱 대미지를 올릴 수 있다.

으~음, 『섀도 슬레이브』가 굉장하다니까.

전부 이게 문제야. 이게.

그런 물러터진 뇌사 플레이를 해도 퍼포먼스를 발휘하고, 『이도류』와 장비 무기의 풍부함은 다양한 모션 패턴을 제공

해주므로 유키노 선배 같은 대인전충의 몰입에도 응해준다는, 초보자에게도 숙련자에게도 사랑받는 인기 직업이다.

선배는 나처럼 노답스에 얽매이는 사고방식이 아니니까.

좋은 레이서가 좋은 머신을 고르는 건 어떤 의미로는 당연한 일이다.

약점이라면 근접 캐릭터치고는 VIT나 HP가 낮아서 내구력이 낮은 것과 『섀도 슬레이브』의 분신은 범위공격을 맞으면 전부 사라진다는 점이다.

기고만장해서 어그로를 끌고 있으면, 범위공격으로 분신이 다 지워진 뒤에 고위력 아츠를 맞아 사고사하는 일도 있을 수 있다.

순수한 탱커와 달리 타격에 강한 건 아니니까.

그렇지만 그걸로 인기 NO.1 딜러의 자리가 흔들릴 정도는 아니다.

『그럼, 두 사람 모두 준비는 되었겠죠! 듀얼 스타트!』

나카다 선생님의 호령. 때앵, 종소리가 울렸다.

객석에서 환성이 확 솟구쳤다.

"간다! 렌!"

"네, 선배!"

자, 이번의 내 작전은— 물론 정해져 있다.

선·수·필·승!

마검사인 유키노 선배 상대로 AP를 모으려고 하면 『섀도 슬레이브』의 분신이 나온다.

아직 AP가 차오르지 않은 시합 개시 직전이야말로 가장 좋은 기회다. 여기서는 내가 먼저 공격하겠어! 단숨에 간다!

상정 시퀀스는 수면화살을 넣은『소울 스피어』다음에『발도 츠바메가에시』다.『소울 스피어』다음에『발도술』이라면 전부 깎을 수 없지만,『발도 츠바메가에시』라면 깎을 수 있을 거다!

200만의 불꽃『데드 엔드 V』도 쏘고 싶지만『소울 스피어』로 움직임을 막을 수 있는 만큼 이쪽이 확실성은 높을 거다.

난 여기서는 냉정하게 이기는 전법으로 가겠어!

"좋아, 오의—!"

그렇게 발동하기 전에—.

"훗!"

유키노 선배가 아이템을 사용했다.

그것은—『독약』이었다.

자기가 독에 걸리는 아이템이다.

독에 걸리면 초당 HP가 깎이는 도트 대미지가 걸린다.

"앗! 젠장! 당했다……!"

아아, 이러면『소울 스피어』는 안 되겠네……!

수면 상태는 대미지를 입으면, 즉 HP가 1이라도 깎이면 해제되는 상태다.

즉, 독에 걸린 상태라면 잠들어도 바로 일어나버린다.

유키노 선배는 그걸 이용해서—.

잠에 빠진 뒤에 폭딜 공격을 당하는 패턴을 파훼한 것이다.

"잠든 사이에 당하다니, 시시하지 않나! 정면에서 맞붙자!"

선배는 대담하게 웃고는 이번에야말로 정면에서 돌진했다.

유키노 선배는 쌍도끼를 들고 허리를 숙인 자세로 단숨에 이쪽과 거리를 좁혔다.

선배는 물색 포니테일을 한 모델 체형의 미인인데, 그런데도 우락부락한 쌍도끼 스타일로 밀어붙이는 게 뭐랄까……무척 독특한 멋이 풍겼다.

"하아아아아앗!"

육박해온 선배가 오른쪽 도끼를 들어서 내리쳤다.

―가드!

유키노의 공격. 렌은 공격을 가드했다!

좋아, 나이스 『광신자의 지팡이』! 역시 가드 성능은 대단해!

공격을 가드한 경우, 공격 측의 획득 AP는 0이다.

가드 측도 기본 0이지만 나는 『패리 링』을 장비해서 AP가 쌓인다.

이어서 왼쪽 내려치기, 오른쪽 후려치기를 가드해서 AP를 모았지만―.

"큭……!"

가드하기 힘들어—!

『이도류』때문이다.

쏜살같은 공격이 단순하게 빠르기도 하지만, 항상 오른쪽이냐 왼쪽 어느 게 나오는지를 파악하고 반응하지 않으면 안 되기 때문에 일반적인 공격보다 미리 읽기 힘든 것이다.

격투게임 식으로 말하자면 OX 공격 버튼이 있다고 치고, O의 공격 뒤에 O나 X 어느 쪽을 써도 콤보가 이어지고, 게다가 상단과 하단으로 나뉘어 있다고 생각하면 될 거다.

실제로는 좌우 선택지지만, 하나로 정하고 가드하면 빗나갔을 때는 얻어맞는다.

우! 좌! 우! 우! 좌! 좌!

나는 노도의 기세로 날아오는 공격을 가드에 전념해서 버텨냈다.

공격 전의 발놀림을 잘 보면 어느 정도는 미리 읽고 대비할 수 있다.

결코 힐끗 보이는 선배의 허벅지를 뚫어져라 보고 있었던 게 아니야!

"꽤 하는군! 역시 반응이 대단해, 렌!"

"—아직 멀었어요!"

아직은 공격이 뚫고 들어오지 않았다.

선배의 AP는 쌓이지 않았을 거다.

이대로 버티면서 빈틈을 찾아서—!

"그럼 이건 어떠냐—!"

선배의 몸이 마나 입자에 덮이는 이펙트가 나왔다.

이건 마법 영창 중에 나오는 건데—!

하지만 선배는 변함없이 쌍도끼 공격을 펼치는 중이다.

이건 『무빙 캐스팅』의 효과인가!

움직임을 멈추지 않고도 마법 영창을 가능하게 만드는 탤런트다.

MEP로도 비싼 상급 탤런트에 속한다.

역시 선배라면 이 정도는 가지고 있나……!

"『블리자드 엣지』!"

선배의 마법 영창이 끝나고, 좌우 도끼날이 물색의 빛에 휩싸였다.

얼어붙는 냉기가 휘감기는 마법검이다.

이걸로 선배의 공격에는 마법의 힘이 실린다.

단순한 물리 가드만으로 막을 수 없게 되었나……!

그리고 여기서—.

"『섀도 슬레이브』!"

"앗?!"

왔다, 분신! 선배의 몸이 세 개로 일그러져 보였다.

분신이 두 개 나왔다는 뜻이다.

이걸로 두 방은 무조건 상대의 공격을 회피할 수 있다.

회피 대상은 단일 공격뿐이고, 범위 공격 마법이라면 분신은 지워지고 대미지도 들어간다.

그러나— 내게 그런 건 없다!

게다가 다단 히트 아츠라면 그 히트수만큼 분신이 사라진다.

2회 공격 아츠라면 두 개를 지울 수 있다.

그렇지만 선배도 AP만 있다면 바로 분신을 보충할 수 있으니까.

그나저나 성가셔졌다. —쓰는 걸 허용하고 말았나.

『발도술』이나 『데드 엔드』도 분신에 맞고 회피당하고 만다.

분신을 벗긴 뒤에 때려 박을 필요가 있지만, 나의 일반공격은 전혀 도움이 되지 않는다.

공격이 회피당하면 분신을 벗겨내지 못한다.

원거리 공격 아츠라면 확정으로 벗겨낸다는 정보를 들었지만, 내가 가진 원거리 공격 아츠는 대롱 화살의 『그림자 화살』이다.

처음부터 회피 무효가 붙어있으니까!

그러나 암기 아츠의 사양상 『그림자 화살』은 분신을 벗겨내기 위해 연타할 수도 없다.

탤런트로 범위 공격 마법이라도 쓸 수 있었다면 또 달랐겠지만—.

그나저나 나는 선배에게 AP를 주지 않았을 텐데—.

그렇다면 아키라와 같은 『투신의 숨결』로 AP 자동 회복을 하는 건가, 으그그극······!

"자, 이래도 막을 수 있을까!"

선배의 공격 모션은 변함이 없다.

그러나— 이번에는 무기에 마법이 걸려있었다.

유키노의 공격. 렌은 가드. 25의 대미지.

유키노의 공격. 렌은 가드. 27의 대미지.

유키노의 공격. 렌은 가드. 28의 대미지.

유키노의 공격. 렌은 가드. 22의 대미지.

연속공격이 순식간에 가드 상태에서도 대미지를 쌓아갔다.

큰일이다—!

그렇게 생각하다가 오른쪽의 가로 베기를 가드한 순간—.

유키노 선배는 하단으로 로킥을 때려 박았다!

유키노의 공격. 렌에게 65의 대미지!

"윽?!"

발차기 모션이라고?!

좌우 도끼에 집중하던 나는 전혀 반응하지 못했다.

『습득의 증표 〈격투〉』인가!

이도류에 격투까지 조합했을 줄이야.

한층 복잡하고 대응하기 어려운 모션 패턴이라는 건가.

조금 전까지의 맹공도 아직 탐색전 레벨이었구나!

"후후—! 호무라처럼 섣불리 시간을 주면, 너는 뭔가 대책을 짜낼 거다! 밀어붙일 수 있을 때 단숨에 밀어붙여야겠지!"

"큭—!"

일단 거리를 벌리자!

"『윈드밀』!"

나는 AP를 소비해서 아츠 발동.

지팡이를 쳐올리면서 높이 뛰어올라 선배를 뛰어넘어 후방에 착지했다.

일단 공격 판정도 있었지만 당연하게 회피 당했다.

완전히 AP를 소비하는 이동기로 변했네…….

아무튼 착지하고 나서 바로 달려서 한층 거리를 벌리려고 했다.

"놓치지 않겠어! 『부메랑 액스』!"

선배는 그걸 용납하지 않고 나를 향해 쌍도끼를 투척했다.

한손도끼 아츠지만, 소비 AP가 10이라는 상당한 저연비라 쓰기 편한 아츠다.

가볍게 원거리 공격을 발동할 수 있는지라, 사실 한손도끼는 공격 범위가 상당히 넓은 무기라 할 수 있다. 그게 한손도끼의 강점이며 특징이다.

발사된 『부메랑 액스』는 나를 향해 맹렬하게 날아왔다.

"윽?!"

나는 가드했지만, 도끼에 얼음 마법이 걸려있기 때문에 대미지를 입었다.

접근해도 떨어져도 선배는 빈틈이 없네⋯⋯! 역시 강해!

HP가 깎이면서도『부메랑 액스』를 가드한 내게 유키노 선배의 추가타가 덮쳐왔다.

"뇌신섬(雷迅閃)!"

높이 뛰어올라 전방으로 급강하하면서 강렬한 날아차기를 날리는 격투 아츠다.

한손검의『호크 스트라이크』와 비슷한 움직임이다.

도끼 투척에서 간발의 차이로 날아온 강습이었다. 피할 새도 없어서 나는 다시 가드했다.

발차기에 마법 대미지는 실리지 않았다.

그러나 아츠는 일반공격보다 가드 브레이크 성능이 높다.

아무리『광신자의 지팡이』라도 다소 대미지를 입고 말았다.

역시 유키노 선배야, 강해!

아직 이쪽은 공격용『지팡이칼』조차 합성하지 못했는데―!

『소울 스피어』⇒『발도 츠바메가에시』를 쓸 생각이어서『대롱 화살』장비로 들어왔으니까.

여기서 어떻게 만회할까―!

그러나 그 생각은 중단됐다.

격투 아츠로 뛰어든 유키노 선배의 몸이 마법 영창의 마나 입자 이펙트에 휩싸여 있었기 때문이다.

『무빙 캐스팅』인가! 또 공격이 온다—!

"『프로즌 불릿』!"

이쪽을 향해 내민 손바닥에서 빙결탄이 연속 발사.

마나 입자 이펙트를 눈치챌 수 있었던 나는 한발 먼저 『윈드밀』을 발동해서 위로 피했다.

그리고 공중에서 돌아본 유키노 선배를 향해 다시 아츠를 사용했다.

"『스팅 숏』!"

마력으로 지팡이를 조종해서 떨어진 적을 가격하는 아츠다.

이건 공중에서도 쓸 수 있다.

그러나 공격력이 INT 의존이고 명중률은 DEX 의존이다.

즉, 맞지 않는 기술이지만—

이 기술의 모션은 지팡이의 마력으로 발사할 때 약간 반동이 있다.

공중에서 쓰면 후방으로 이동하는 거리를 벌 수 있다.

네, 아츠 2연타로 도망치려는 겁니다만 무슨 문제라도?!

그 정도로 급박하단 말이지!

내 노림수대로 『윈드밀』과 『스팅 숏』으로 그럭저럭 거리를 벌었다.

그러나 거기서, 예상치 못한 사태가 벌어졌다.

렌의 스팅 숏이 발동. 유키노의 분신이 하나 사라졌다.

—으응?! 맞았나?! 전혀 기대하지 않았는데.

아니 잠깐잠깐— 그렇구나! 『스팅 숏』은 원거리 공격 취급이었나!

원거리 공격 아츠는 회피보다 분신을 먼저 소비하는 것 같으니까!

"도망쳐봤자 잠깐의 연명일 뿐이다! 렌!"

선배는 속공으로 쫓아왔다.

섀도는 앞으로 하나 남았다. 하나만 더 벗기면 다시 걸게 만들 수 있는데—.

그러나 『스팅 숏』을 쓸 AP가 이제 없었다.

그럼— 찬밥 더운밥 가리고 있을 순 없지!

나는 돌격하는 선배에게 대롱 화살 아츠 『그림자 화살』을 쐈다.

렌의 그림자 화살이 발동. 유키노의 분신이 하나 사라졌다.

좋아, 사라졌다!

"음—! 『섀도 슬레이브』!"

선배가 『섀도 슬레이브』로 분신을 다시 불러냈다.

그 빈틈을 기다렸다!

나는 곧장 아이템 박스를 오픈.

『매의 아이언 소드』와 『아이언 스태프』로 『지팡이칼』을 합성했다.

이 한순간의 빈틈을 만들기 위해 『그림자 화살』을 그냥 날려버리고 말았다.

이제 이 배틀에서 대롱 화살은 써먹을 수 없겠지.

하지만― 드디어 전설의 더블 밀리언포가 내 손아귀에!

이제 할 수밖에 없어! 이것 말고는 승산이 없어!

나는 쏜다! 작별이다 200만 미라!

마음속으로 그렇게 염원하면서 광범위 『디인테 서클』도 영창 완료.

나를 중심으로 발동해서 MP가 텅 비었다.

마법 대미지가 아프니까 일단 이걸 골랐다.

"이제 놓치지 않겠다!"

나는 다시 펼쳐지는 선배의 맹공을 가드로 버텼다.

AP를 모으기 위해서다.

『스팅 숏』으로 분신을 벗길 AP가 필요하다.

몇 번 공격을 흘려내자 내 HP는 레드 존.

그러나, AP는 다 찼다!

자― 보아라! 금세기 최대의 돈낭비를!

"『스팅 숏』!"

렌의 스팅 숏이 발동. 유키노의 분신이 하나 사라졌다.

분신은 앞으로 하나―!

선배는 개의치 않고 돌진해왔다.

지금이다! 쓴다면 지금밖에 없다!

"장비변경, 세트 B!"

무기 장비를 『지팡이칼』로 변경.

"오의―!"

선배는 『데드 엔드』를 알고 있으니까―.

분신으로 피할 수 있으니 당연히 가드나 회피도 시도하지 않는다.

『데드 엔드』를 쓰는 이상 내 HP는 1이 되니까 앞으로 일격이면 쓰러뜨릴 수 있다.

무시하고 공격할 거다!

"『데드 엔드』―!"

서거어어어어어억!

보라색 빛에 휩싸인 일섬이 선배를 덮쳤다.

하지만 그 일격은 선배를 포착하지 못하고, 옆을 따라오던 분신만 소실됐다.

그러나 여기서 나는—.

강하게 한 발을 내딛으며, 도신을 V자로 올려치는 모션으로 이행했다!

이것이—!

"앗!"

"V다아아아아앗!"

좌아아아아아아아아악!

1격은 미끼. 허를 찔러 2격을 맞추는 노림수다!

이것은 상정하지 못했을 터! 맞는다!

2격을 얻어맞은 선배는 크게 날아갔고—.

그러나 쓰러지지 않고 가까스로 버텨내서 섰다.

렌의 데드 엔드 V가 발동. 유키노는 가드. 711의 대미지.

"크으으으으윽……!"

순간적으로 가드했다?! 내 모션을 보고 이변을 감지한 건가.

역시 유키노 선배네—!

그나저나 이렇게 되면 곤란한데……!

서로의 HP 바는 1밀리미터 남았지만, 이쪽이 압도적으로 불리해!

"꽤 하는군……! 그러나 버텨냈다, 렌! 마무리를 지어주마—!"

선배가 전력으로 베고 들어왔다!

"장비변경, 세트 A!"

나도 가드 준비를 했지만, 마법검으로 가드 대미지를 입으면 끝장이다.

큰일 났다, 큰일 났어. 타개책은—!

아니, 이 지경까지 왔으니 없긴 하지만?!

으아아아아아아아아아악—!

"먹어라—! 오의……!"

그러나— 선배가 오의를 쏘는 일은 없었다.

"으그으으윽……?!"

선배의 움직임이 갑자기 멎었다.

움찔 떨더니 그 자리에서 풀썩 쓰러졌다.

어라, 전투불능이 됐는데……?

어째서—? 앗!

"앗?! 그렇구나, 독 대미지야!"

그러고 보니 처음에 수면 방지를 위해 독을 복용했었지, 선배…….

밀리미터 남았던 HP가 독으로 깎였나.

"하하하하…… 이거 실수했군. 마지막은 서둘러서 마무리를 짓기보다는 회복을 했어야 했나……."

쓰러져서 바닥과 키스를 나누던 선배가 그렇게 웃었다.

**듀얼 종료! 렌의 승리입니다! 렌의 통산 전적은 4승 0패입
니다.**

로그가 나의 승리를 선언했다.

『시합 종료! 이 시합은 타카시로의 승리입니다~!』

나카다 선생님의 중계가 회장에 울려 퍼졌다.

─뭐가 어찌 됐든 이겼으니까 됐다! 해냈어어어어!

『이야~ 그나저나 놀랍네요! 타카시로가 펼친 오의 『데드
엔드 V』는 『매의 극광석』을 사용한 『지팡이칼』로 펼친 겁니
다! 즉! 지금 타카시로는 시가 200만 미라를 날려버렸다는
계산이 나옵니다! 그렇게까지 해서 이기고 싶었던 걸까요?!
머릿속의 나사가 엄청 날아가 버린 것 같네요……!』

이야~ 뭐, 지당하신 말씀이네요.

회장도 선생님의 중계를 듣고 어이없다는 듯이 수군거리
고 있었다.

그렇다니까. 나도 보통이라면 역시 주저했을 거다.

애초에 『지팡이칼』에 『매의 극광석』을 넣으려 하지 않는다.

어차피 부서질 텐데 아까워서 넣겠냐!

─그렇지만 궁극 오의 『데드 엔드 V』의 존재를 알게 된 이
상, 여차할 때는 비장의 카드로 확보해두는 것도 나쁘지는
않겠다……. 알게 된 이상은 어쩔 수 없다.

지금은 무리니까 장래에 고려하는 정도지만.

뭐, 이번에는 호무라 선배가 200만 미라 이상으로 유키노 선배한테 뭉개지는 걸 싫어한 결과니까.

듀얼이 해제되고, 유키노 선배의 HP도 1로 복귀.

나는 선배를 일으켜 세웠다.

"종이 한 장 차이였네요. 거기서 회복했다면 확실히 위험했을걸요."

"그래…… 판단 착오였지. 하지만 뭐, 재미있었다. 그건 좀처럼 볼 수 없는 광경이니까! 나와의 배틀을 위해 200만 미라를 날려버린 네게 경의를 표하마! 아니! 너는 바보구나! 핫핫핫!"

호무라 선배한테 받은 거지만.

그래도 유키노 선배한테는 말하지 말라고 했으니까…….

"이야~. 그러네요! 핫핫핫!"

뭐, 잠자코 있을까.

"앞으로 레벨이 올라가면 좀 더 여러 무기나 방어구, 아츠나 마법으로 싸울 수 있을 거다! 팍팍 레벨을 올려서 좀 더 강해져야 해. 다음에는 레벨 무제한으로 싸우자고!"

악수를 요청하기에 순순히 응했다.

선배는 엄청 손이 예뻤다. 게다가 이 상쾌한 미소. 미인이네.

그나저나 이 사람은 정말 대인전을 좋아하는구나.

뭐, 나로서도 200만 미라의 불꽃은 추억에 남을 것 같다.

조금 불발 느낌이었던 게 분하긴 하지만……

언젠가 내 돈으로 쏠 때는 무조건 클린 히트를 시키고 싶다.

자, 최종보스 같은 존재에게는 어떻게든 이겼다!

이렇게 됐으니 반드시 『레이브라의 마필』을 얻고 돌아가겠어!

"렌, 수고했어~! 해냈네!"

대기실로 돌아가자 아키라의 웃는 얼굴이 나를 맞이했다.

"이야~ 위험했어……!『매의 극광석』만만세였네!"

"이러니저러니 해도 이겼으니까 괜찮지 않아? 강한 녀석이 이기는 게 아니라, 이기는 녀석이 강한 거야~. 돈만 내던지면 마검사에게도 이길 수 있다는 걸 증명한 셈이기도 하고. 역시 로망은 있어, 로망은!"

뭐…… 가드를 당했는데도 빈사 상태까지 깎아낸 건 무식한 화력 덕분이기도 하다.

그건 뭐, 자랑스러운 부분이다. 그것 말고는 자랑할 게 없다고 할 수 있지만.

역시 폭딜은 로망이라니까! 코스트를 성대하게 도외시하고 있지만!

"풉. 거만하게 나간 주제에 자기도 당해버렸잖아, 우와~ 쪽팔려! 잔챙이!"

호무라 선배가 나랑 같이 돌아온 유키노 선배를 도발했다.

기분 좋아 보이네. 뭐, 어떤 의미로는 이걸 위해 200만 미라의 아이템을 준 거니까 당연한가.

"흥, 시끄럽군. 딱히 렌에게 지더라도 부끄럽지는 않아. 렌의 플레이어 스킬은 나도 인정할 정도니까."

"그래서 어쨌다고. 패배는 패배야, 패배패배! 이 패배자!"

"아앙?! 뭣하면 지금 당장 결판을 내줄까?! 너, 방에서 꼼짝 말고 있어! 지금 당장 때려눕혀 줄 테니까!"

"앗! 잠깐, 현실에서의 물리 공격은 안 되잖아?! 사도(邪道)야 사도!"

……아, 두 사람 다 로그아웃해서 사라져버렸다.

왠지 리얼파이트 같은 뭔가가 일어나고 있는 것 같은데, 어떻게 돌아가고 있을까.

"뭐, 뭐어 그래도 유키노 선배한테 이겼으니까, 최대의 산은 넘은 거지? 이건 우리 두 사람의 결승전도 시야에 들어오게 됐네! 특히 다음에는 꼭 이겨야 해!"

"아아, 다음에 나는 아카바네랑 붙는 건가~."

그녀는 이미 준결승 진출이 정해졌다.

그래서 다음 시합의 상대는 내가 되었다.

아키라 쪽의 준준결승이 다음 시합부터 시작되는 느낌이다.

"응, 저 사람한테는 필승! 필승으로 부탁드립니다!"

아키라가 얼굴을 스윽 내밀면서 윽박질렀다.

"어, 어어…… 근데 웬일이야. 아키라가 남을 그렇게 싫어하다니."

"나도 부처님은 아니니까……. 유치원부터 계속 달라붙어

있으면 싫어진다고. 렌하고 같이 있을 때는 언제나 즐거우니까, 언제나 싱글벙글한 것처럼 보이는 것 아닐까?"

"그렇구만⋯⋯."

"아무튼 같이 결승전 하자! 약속이야!"

"그래―!"

그때, 바로 그 아카바네가 찾아왔다.

"어머, 그렇게 간단히 저를 이길 수 있으리라 생각하지 않는 게 좋을 텐데요."

"⋯⋯노조미."

아키라가 표정을 굳혔다.

"여어, 아카바네. 다음 시합은 잘 부탁해."

"네, 잘 부탁해요. 하지만 다음 시합은 제가 받아가겠어요. 아무리 『망캐 마이스터』라고 해도, 지금까지의 시합에서 손패를 너무 보여줬으니까요. 나름대로 준비를 하고 임하도록 하겠어요."

"어, 아카바네도 나를 알고 있었던 건가⋯⋯."

"네. 저도 게임은 조금 즐기고 있으니까, 어느 정도는요."

미소가 쿨하고 아름다운 느낌이네.

으~음. 내가 이야기를 해본 느낌만 봐서는 딱히 싫은 인상은 받지 않는데⋯⋯.

"뭐, 알맹이가 이렇게 시원찮은 느낌일 줄은 몰라서, 조금 실망하긴 했지만요."

네, 3초 만에 전언 철회하겠습니다!

"……렌을 나쁘게 말하지 말아 줄래요."

아키라가 아카바네 앞으로 나왔다.

"어머, 저는 사실을 말했을 뿐인데요?"

"사실이 아니거든요. 렌은 시원찮을지도 모르지만, 귀엽다고요."

"어머, 연인을 깔봐서 화난 건가요? 실례지만 아오야기 가의 영애나 되는 사람이 일반인한테 너무 몰입하는 것 아닌가요?"

"그런 건 아니지만, 당신한테 듣고 싶지는 않거든요. 당신이 그런 성격이어선 평생 연인 같은 건 못 만들지 않을까요."

"후후후…… 당신도 그렇게 남 말할 정도로 훌륭한 성격이던가요?"

"적어도 당신보다야."

"우연이네요. 저도 그렇게 생각한답니다."

오오, 왠지 두 사람 사이에 다크 비스무리한 오라가 보이는데. 무서워라.

으~음…… 이 두 사람 좀 어떻게 안 되나?

아카바네 뒤에 딱 달라붙어 있는 카타오카도 쫄고 있다고.

콕콕, 누군가가 내 등을 찔렀다.

"어라, 유키노 선배?"

돌아온 모양이다.

"이봐, 렌. 잠깐 이리 와봐라."

조금 떨어진 곳으로 끌려왔다.

"조금 전부터 생각하던 건데, 너희는 왜 이렇게 살기등등한 거냐?"

"으음…… 아뇨, 선배들도 좀 어떤가 싶은데요."

"우리는 숨 쉬는 거나 똑같으니까 어쩔 수 없어."

유키노 선배가 그런 말을 하는 사이, 호무라 선배도 돌아와서 아키라와 아카바네 사이에 끼어들어서 달래고 있었다.

이러니저러니 해도 이 두 사람은 좋은 콤비네이션이네.

유키노 선배는 억누른 목소리로 말을 이었다.

"너희는 EF에서 평범하게 사이가 좋았잖아? 왜 이렇게 충돌하는 거냐?"

"네엣?! 그게 무슨 소리예요?!"

설마 아카바네도 우리하고 아는 사이였던 건가?!

"아~ 저 녀석 아직도 말하지 않았던 건가…… 자기가 말하겠다고 해놓고서는—"

"누, 누구죠?"

"스칼렛이다. 너하고도 친했잖아?"

"지, 진짭니까……."

유키노 선배의 스노와 마찬가지로, 나와 아키라의 공통된 친구다.

1년 전쯤에 시작한 플레이어로, 로그인 첫날인 초보자 때

우연히 만나서 게임에 대해서 이것저것 가르쳐주거나 도와주었다.

지금은 완전히 게임 실력을 올려서 스노, 아니 유키노 선배도 인정하는 레벨이다.

참고로 캐릭터는 붉은 머리의 미청년 검사였다. 대검사이고 실력은 확실하다.

네, 유키노 선배의 증언이 올바르다면 너무나 잘 아는 지인입니다!

온라인 게임 폐인의 세계 너무 좁잖아!

게다가 확실히 저쪽에서 친하게 지냈다면 여기서 충돌할 필요도 없긴 하지.

이런저런 경위는 있을지도 모르지만……

"렌, 넌 저 애들의 사이를 중재해줘라. 저 녀석들도 얼굴을 숨긴, 어느 의미로는 맨얼굴로 만난 관계에서는 친했잖아. 그런데 험악하게 지내는 건 아까워."

"그러네요. 알겠습니다."

선배의 말이 옳다. 나는 고개를 끄덕이며 받아들이기로 했다.

『시합 종료~! 이번 시합은 아오야기 아키라의 승리입니다~!』

나카다 선생님의 중계가 회장이 울려 퍼지자 새된 환성이 회장을 감쌌다.

"""'아키라아아아아아아아앙!'"""

그리고 아키라는 『마도식 영사기』로 스크린샷을 팍팍 찍혔다.

으~음, 인기네! 역시 외모가 근사하니까.

소드 댄서 미소녀라니, 다들 대환영이겠지.

그러면서도 여왕벌 플레이도 아니라서 평범하게 플레이어 스킬도 높으니 흠잡을 데가 없다.

그야 모두의 아이돌이 될 만하지.

새삼 생각하는 건데, 왜 저런 아이가 내 친구인 걸까?

유도부가 어울려 보이는, 우락부락한 느낌의 오타쿠 남자를 상정하고 있었는데…….

이상한 이야기다. 대체 어떤 루트 선택을 했길래 이런 기적의 루트로 들어온 걸까?

—자, 그건 넘어가고 아키라를 맞이하러 가볼까!

"선생님, 그럼 실례할게요!"

"그래, 수고했어~. 또 부탁할게."

나는 중계석에서 일어섰다.

이 시합은 내가 플레이어 해설을 하고 있었다.

꽤 긴장했지만 은근히 즐거웠어!

그리고 먼저 대기실로 내려와 아키라를 맞이했다.

"수고했어! 나이스 나이스!"

"뀨~뀨~뀨뀨뀨~!"

나에 맞춰서 류도 손뼉을 짝짝 쳤다.

"후후후. 고마워 렌! 류도."

"위험한 국면도 없었네."

이걸로 나도 아키라도 준결승까지는 남을 수 있었다.

앞으로 한 번만 이기면 결승에서 대결할 수 있겠네!

"응! 문제는 그거겠지. 이런 차림을 저렇게 많은 사람들한테 보여주는 게 부끄럽다는 것 정도야……."

"저도 즐겁게 잘 봤습니다! 모두를 대표해서 감사드리죠! 고맙습다~!"

내가 몸을 90도로 꺾으며 감사를 표했다.

내 흉내를 내서 류도 꾸벅 고개를 숙였다. 귀엽다.

"정말~. 그래그래, 천만의 말씀. 근데 슬슬 익숙해지지 않았어?"

"아니? 좋은 건 몇 번을 봐도 좋은 거니까."

"흐~응. 뭐, 질리는 것보다는 낫지만……."

"아카바네는 당당하게 있는데, 아키라도 그렇게 할 수는 없어?"

"그야 그렇지. 나는 수치심이라는 게 제대로 있으니까."

"잠자코 넘길 수 없는 말이네요. 사람을 수치도 모른다는 식으로 말하지 마시죠?"

들리는 곳에 있었는지 아카바네가 끼어들었다.

아~ 또 그런 느낌이 될 것 같네.

그런 생각이 들었기에 나는 억지로 대화를 다른 방향으로 끌고 갔다.

"아! 맞다, 아키라. 그러고 보니 EF의 스칼렛 말인데?"

"응? 스칼렛이 어쨌다고?"

아키라는 갑자기 화제가 날아와서 어리둥절했다.

그리고, 나는 아카바네의 모습을 슬그머니 주목했다.

끼어들 낌새는 없고, 눈앞에서 화제가 나왔기에 들어보겠다는 느낌이다.

응, 신경 쓰고 있군. 신경 쓰고 있어.

"유키노 선배의 스노하고는 얼마 전에 놀았는데, 스칼렛은 요즘 그런 게 없었잖아? 조만간 스칼렛하고도 같이 놀러 가볼까 해서."

"응! 괜찮네. 그럼 오늘은 이게 끝난 뒤에 EF 할래? 스칼렛이 있으면 좋겠는데."

"그러자. 그럼 내가 나중에 그 녀석한테 메시지 보내둘 테니까."

"기대되네~. 스칼렛하고는 오랜만에 보는 거니까. 또 절경 투어에 데려가 줘야지!"

절경 마니아 아키라가 좋아하면서 말했다.

그리고, 그걸 눈앞에서 보게 된 스칼렛의 알맹이인 아카바네는—.

아, 왠지 히죽거리고 있네. 고개를 돌려서 가리고 있지만, 입가는 기뻐하는 것 같다.

아키라가 스칼렛하고 노는 걸 기대하고 있는 게 좋은 모양이다.

옳거니, 이건 역시 본인이네.

그때 내 시선을 깨달았는지 아카바네는 흥, 코를 울리고는 그대로 이탈했다. 으~음, 뭐랄까, 쟤는 츤데레 같은 느낌이네.

"어머? 가버렸네."

"전혀 상관없는 이야기였으니까, 왠지 귀찮아진 것 아닐까?"

"그런가……. 뭐, 됐어! 다음에는 렌의 시합이네, 열심히 해!"

"물론, 꼭 이기겠어! 그전에 제대로 장비 같은 걸 재확인해야……. 해설 같은 걸 할 여유가 없었단 말이지—. 이크, 더욱이 그 전에. 자, 류. 간식 먹어도 돼."

나는 아이템 박스에서 사과를 꺼내 류에게 건넸다.

배를 곯으면 딱하니까.

그럼 세팅을—.

"뀨~뀨~! 뀨~뀨~! 뀨뀨~!"

아, 사과를 문 류의 몸이 빛났다!

이건 그건가……!

류의 성장 단계가 올라갔습니다! 습득할 스킬을 선택해주세요.

왔다~~~~! 전부터 전조는 있었지만 여기서 왔나!

"오오오오오~! 또 왔네! 이건 그거지? 신 스킬!"

"그렇지! 염원하던 신 스킬을 손에 넣었어!"

"근데, 어떤 거야 어떤 거야?"

"아, 지금 보여줄게."

리제네레이트(상시 발동)

〈효과〉수호룡 근처에 있는 플레이어의 HP가
서서히 회복됩니다.
마스터 이외의 파티 멤버에게도 유효합니다.
회복량은 1초당 5HP입니다.

오토 채집(상시 발동)

〈효과〉근처에 소재 수집 포인트가 있을 경우, 때때로
자동으로 소재를 회수합니다(채집 도구는 불필요).
마스터가 로그아웃한 동안에도 소재를 수집할
수 있습니다.

베이비 브레스(전투 중)

〈효과〉 유룡(幼龍)의 브레스를 토해서 마스터를 원호합니다.

브레스의 대상은 마스터의 타깃과 같습니다.

본 스킬에 의한 어그로는 마스터가 이어받습니다.

"호호오오! 전투계 스킬이 나왔네!"

"그러네. 나머지 두 개는 저번하고 똑같나— 그렇군."

"어떻게 할 거야?"

"어떻게 할 것 같은데?"

"『베이비 브레스』가 있으면 평범한 파티전 같은 곳에서도 조금 고정화력이 생겨서 도움이 될지도 모르지만 여기서는 『오토 채집』아닐까? 언젠가는 양쪽을 다 갖고 싶겠지만."

"그렇지. 여기서는 완전히 동감이야. 그럼 『오토 채집』으로!"

『타깃 마커』정도의 파괴력은 없지만 『오토 채집』도 매력적이다.

나는 『오토 채집』을 선택해서 결정. 어떤 걸 주워올까~.

"뀨뀨?"

류가 뭔가에 움찔 반응했다.

"응?"

"뀨~뀨~뀨~!"

그대로 대기실에 있는 창문을 통해 바깥으로 나가버렸다!

여기는 투기장 지하이긴 하지만, 원래 투기장은 인공 부유섬에 지어져 있다.

그러므로 지하 부분에도 창문이 있다.

밖에는 인공 부유섬의 정원이나, 새하얀 구름이나 푸른 하늘이 보인다.

"야, 어디 가는 거야. 류~!"

"『오토 채집』을 하러 간 건가……?"

류는 창밖에 보이는 정원 부분에 내려섰고―.

류는 『힐 포션』을 발견했다!
렌은 『힐 포션』을 손에 넣었다!

"오오. 『힐 포션』을 발견한 것 같아!"

"헤에! 바로 능력 발휘네, 류!"

"뀨뀨~뀨뀨~♪"

류는 자랑스러운 표정으로 돌아왔다.

아아, 이거 좋네. 이거 항상 뽑기를 하는 느낌이다.

익혀둔 건 정답이었다. 앞으로 어떤 걸 뽑아올지 기대되는군, 기대돼.

"준결승 제1시합을 시작합니다! 출전자분은 무대로 올라와 주세요!"

오. 벌써 호출이 나왔다. 어쩔 수 없지. 가볼까.

그렇게― 나와 아카바네는 대기실을 나왔다.

투기장으로 가는 계단은 선수만의 밀실로 변한다.

나는 그곳에서 아까 나왔던 이야기를 꺼내보기로 했다.

"……그렇게 됐으니까, 오늘 이후에 EF 할 시간 있어?"

바로 뒤에서 걸어오던 아바카네에게 그렇게 말을 걸었다.

"앗……?! 무, 무무무…… 무무무무슨 말을 하는 건지 영문을 모르겠네요……!"

아카바네는 놀라서 눈을 크게 뜨며 허둥댔다.

"억지로 숨기지 않아도 돼. 다 알고 있으니까. 그렇지? 스칼렛!"

나는 아카바네의 어깨를 탁 두드렸다.

"우우…… 어, 어째서 당신이 그걸 아는 거죠……?!"

"그야, 유키노 선배한테 들었으니까."

"스, 스노 녀서어어어어억! 저를 팔아넘겼군요오오오오오오!"

"아니, 아키라한테는 말하지 말라고 했지만, 나한테 말하지 말라고는 하지 않았다던데."

"그런 건 궤변이에요! 당신이 알면 아키라에게도 다 까발려지잖아요?!"

"아니, 나는 아직 말하지 않았는데? 말해도 된다면 하겠지만—?"

"쓸데없는 참견이네요! 그런 건 직접 하겠어요. 당신은 쓸데없는 짓 하지 말아 줄래요?!"

"아니, 근데 말이지. 그럼 왜 빨리 말하지 않는 건데? 괜히 험악해지는 거 피곤하지 않아?"

"쓸데없는 참견이라고 했을 텐데요! 저에게는 저의 생각이 있다고요!"

"그러니까 그 생각이라는 걸 알려달라니까. 그저 말하기가 힘든 거라면, 내가 말해줄 테니까 맡겨달라고."

"당신에게 그런 걸 가르쳐줄 의리 같은 건 없어요!"

……으~음. 현실의 스칼렛은 츤데레 기질인가.

EF에서는 솔직한 호청년 같았는데.

"좋아! 그럼 내기라도 할까?"

"내기?"

"내가 이기면, 왜 아키라에게 말하지 않는 건지 알려줘야겠어!"

"제가 이긴다면요?"

"두 번 다시 이 건에 대해서는 언급하지 않겠어!"

"……좋아요. 그 승부, 받아들이죠."

"좋아, 미안하지만 이기도록 하겠어!"

"그건 제가 할 말이에요!"

그리고 우리는 계단을 올라서 투기장으로 나왔다.

"""노조미 니이이이이이임!"""

회장이 화악 끓어오르더니 아카바네를 향한 환성이 쏟아졌다.

아카바네도 아키라와 마찬가지로 소드 댄서. 그리고 엄청난 미인.

그렇다면, 아키라와 마찬가지로 아이돌화하는 건 대자연의 섭리.

내게는 완전히 원정지 같은 시합이 될 것 같다.

『자아, 봄의 신인전은 준결승 제1시합을 맞이하고 있습니다! 대회의 흥을 한껏 끌어올리고 있는 두 명의 소드 댄서 중 한 명, 아카바네 노조미가 등장하자 다들 스샷 촬영에 여념이 없네요!』

"물론이지~! 최고의 원 샷을 찍어주겠어!"

카타오카 녀석, 신바람이 났네.

그런 가운데 아카바네는 나와 조금 거리를 벌려서 마주보고 무기를 들었다.

장비하고 있는 건 양손검이다. 소드 댄서는 한손검도 양손검도 다 들 수 있으니까.

양손검인 건 EF의 스칼렛과 같다.

아카바네는 양손검을 좋아하는 걸까?

그리고 지금까지의 시합을 보건대, 저 검은 『매의 극광석』을 합성한 무기다.

200만 미라의 그거인데, 카타오카가 바친 거겠지. 그 녀석이라면 할 법도 하다.

뭐, 아무튼 2회 공격으로 팍팍 공격해올 것이 예상된다.

요주의다.

내 무기 장비는 일단 『광신자의 지팡이』를 들기로 했다.

『자— 그럼 두 사람, 준비는 다 되었겠죠! 시합을 시작해 주세요!』

나카다 선생님의 호령과, 종소리.

시합 개시다! 나는 아카바네의 움직임에 주목했다.

"—갑니다!"

아카바네의 첫 수는— 『독약』 사용이었다.

유키노 선배와 똑같다. 수면 방지다.

뭐, 그렇게 나오겠지. 내가 아카바네의 입장이어도 저렇게 할 거다.

그나저나 이걸로 『소울 스피어』의 유용성은 내려간다.

역시 어떻게 『데드 엔드』를 맞히는지가 중요하다.

어중간하게 대미지를 가해봤자 소드 댄서의 회복력은 높다.

일격에 쓰러뜨리지 않으면 즉시 회복하고 만다.

아무튼 아카바네의 독 복용은 상정했던 대로.

그래서 나는 즉시 반응하여 『지팡이칼』을 합성하기로 했다.

아이템 박스 오픈. 합성 메뉴 기동.

『아이언 스태프』와 『아이언 소드』를 합성—.

탤런트 『유동 작업』의 효과로 즉시 완료.

이걸로 아이템 박스에 남은 건—.

소재로는 『아이언 스태프』와 『아이언 소드』가 앞으로 세

개씩.

이 두 개의 소재인 『아이언 잉곳』도 12개 정도 남았다.

"하아아앗!"

합성을 마친 내게 아카바네가 맹렬하게 달려왔다.

―가드다!

『패리 링』 덕분에 완전 가드여도 AP는 쌓인다.

받아내기만 해도 이쪽이 유리해진다.

재빨리 돌진하여 날리는 내려치기 일격.

나는 『광신자의 지팡이』를 검의 궤도상에 집어넣어 가드했다.

노조미의 공격. 렌은 공격을 가드했다!

좋아, 괜찮아. 역시 『광신자의 지팡이』!

그리고 가드 직후, 같은 궤도를 따라가듯이 발생한 환영의 칼날이 내게 다가왔다.

이게 『매의 극광석』 합성무기의 효과다.

노조미의 공격. 렌은 공격을 가드했다!

궤도는 거의 똑같아서 초격을 가드하면 딸려오는 2격도 가드 자체는 간단하다.

1격과 같은 자세를 취하면 되는 거니까.

그러나 2격을 이쪽이 가드하는 사이 상대는 다음 행동에 들어갈 수 있다.

약간의 차이일지도 모르지만, 공격 모션에 대응해야 할 때는 이것도 무시할 수 없다.

일반적인 공격보다 상대를 가드로 굳히는 시간이 길어지기 때문이다.

그 결과, 방어 측은 반격할 빈틈이 적어지고 만다.

대미지 증가에 상대를 억누르는 제압력의 향상, 이게 200만 미라의 진정한 가치다.

"좋은 반응이네요!"

"그거 감사!"

"후후— 하지만, 언제까지 그 여유로운 표정이 이어질까요?!"

아카바네가 의기양양한 미소를 지었다.

"『레이징 암』!"

부우웅 하는 소리가 나며 아카바네의 검이 오라에 휩싸였다.

이건 강화계 양손검 아츠로, 일시적으로 무기성능을 끌어올리는 효과가 있다.

효과 시간은 2분. 소비 AP는 100이다.

이 소비량이 높아 보이는지 낮아 보이는지는 효과 시간 2분을 어떻게 쓰느냐에 따라 달라진다.

그런데 AP를 주지 않았는데 아츠를 쓰네.

그렇군, 이건 아카바네도 『투신의 숨결』을 갖고 있는 건가.

AP가 자동 회복되는 고급 탤런트다.

획득하려면, MEP로 구입할 경우에는 1000 정도 필요한
데······.

이것도 카타오카 쪽에서 바친 거겠지.

설마 아키라처럼 강운을 타고나서 얻은 건 아닐 테니까.

"먹으시죠!"

호쾌하게 휩쓰는 양손검의 공격!

노조미의 공격. 렌은 가드. 21의 대미지.
노조미의 공격. 렌은 가드. 20의 대미지.

강화한 만큼 가드 대미지가 발생하게 되었다.

"근데 별로 아프진 않네!"

"하지만 충분해요—『머티리얼 브레이크』!"

이번에는 아카바네의 양손검 자체가 엷은 녹색으로 변했다.

이건 『파이널 스트라이크』처럼 탤런트를 세팅해서 익히는
스킬이다.

존재는 알고 있었지만— 이걸 쓰는 건가?!

"······윽?! 그렇구나—! 그렇게 나오는 건가······!"

"놓치지 않겠어요!"

아카바네는 쉴 새 없이 공격을 퍼부었다.

거리과 타이밍상 나는 가드할 수밖에 없었다.

그러나―.

노조미의 공격. 렌은 가드. 20의 대미지.
렌의 지팡이칼은 파괴되고 말았다!

노조미의 공격. 렌은 가드. 19의 대미지.
렌의 아이언 소드는 파괴되고 말았다!

"끅……!"
큰일인데……!
대미지는 별것 아니지만 로그에 나온 그대로다.
『머티리얼 브레이크』의 효과는 공격이 히트하면 상대의 아이템 박스 안에 있는 아이템을 하나 파괴하는 것이다.
파괴된 아이템은 소멸하지는 않고 손에 남는다.
그러나 파괴되어 성능이 열화되고 만다.
아이템명도 『부서진 지팡이칼』처럼 변한다.
『부서진 지팡이칼』이 되어버리면 『발도술』을 쓸 수 없다.
새로 『지팡이칼』을 합성해야 하는데―.
그러나 합성소재인 『아이언 소드』도 부서져 버리면 합성 불가가 된다.
수리하지 않으면 쓸모가 없어지는 것이다.
"당신의 전투 스타일은, 러닝 코스트를 도외시하고 돈을

내던지는 일격필살이 목적! 그러니 아이템 박스는 풀 회전
하고 있겠죠─. 일격마다 무기가 부서지니까 당연하네요. 하
지만, 무기나 소재가 파괴되면 어떨까요?!"

노조미의 공격. 렌은 가드. 21의 대미지.
렌의 아이언 소드는 파괴되고 말았다!

노조미의 공격. 렌은 가드. 22의 대미지.
렌의 아이언 소드는 파괴되고 말았다!

으거거거거걱……!『아이언 소드』가 전부 망가졌어!

이걸로『지팡이칼』을 새로 만들려면『아이언 잉곳』을『아
이언 소드』로 만드는 것부터 시작해야 해─!

완전 가드라면 아이템 파괴는 당하지 않지만, 1이라도 대
미지가 들어가면 안 된다.

『머티리얼 브레이크』는 효과 시간 1분. 재사용 대기시간은
5분.

아이템 박스 안의 아이템을 위에서부터 순서대로 파괴하
는 건데─.

거기에 무기나 방어구나 약품이나 소재의 구별은 없다.
순수하게 위에서부터 파괴한다.

NPC의 아이템을 부술 의미는 별로 없기에 메인 용도는

대인전용인데, 기본적으로 전투 중 합성 불가능한 이 게임에서 소재를 파괴하는 건 효과가 별로다.

아이템 파괴라면 『드러그 브레이크』가 약품만 노리고, 『웨폰 브레이크』, 『아머 브레이크』는 각각 무기, 방어구를 노린다.

용도에 맞춰서 그쪽을 쓰는 게 확실하기에 자주 쓰인다.

쓸데없이 소재를 파괴하는 『머티리얼 브레이크』는 그것들의 하위호환 취급이라 거의 쓰이지 않는 마이너 스킬인데—.

전투 중 합성을 최속으로 진행하기 위해 아이템 박스 위에서부터 소재를 늘어놓은 내게는 크리티컬 히트입니다! 이건 완전히 나를 저격하는 대책이야!

정말로 감사합니다! 꺄악~~~!

그러고 보니 EF의 스칼렛도 플레이가 견실하고 관찰안이 확실했었지!

정렬을 변경해서 아무래도 상관없는 아이템을 끼우려고 해도, 그걸 하고 있을 시간이 없다.

『매의 극광석』 합성무기의 공격이 허락해주지 않는다.

어떻게든 시간을—!

"『윈드밀』!"

승O권처럼 뛰어오르는 움직임으로 상대의 연속공격을 회피!

위로 도망치는 것 말고는 방법이 없었다.

"놓치지 않겠어요!"

착지한 뒤쪽으로 돌아 들어가서 공격을 펼치는 자세다.

그러나─!

"『스팅 숏』!"

전혀 상관없는 방향으로 쐈지만 이건 착지 위치를 어긋나게 하기 위함이다.

덕분에 공중에서 베이는 건 막을 수 있었다.

"정말, 잽싸기는─!"

이래 봬도 양손지팡이도 그리 쓸모가 없지는 않다고.

공격에는 전혀 쓸 수 없지만, 공격을 받아내기에는 꽤 쓸 만하다.

『호오! 움직임만큼은 꽤 대단하군』이라는 느낌이라고요.

그리고 아카바네가 약간 떨어진 거리를 좁혀오는 가운데 나는 아이템 박스를 열었다.

정렬순서를 변경한다!

『아이언 소드』다음에는 『아이언 스태프』×3이 오고 『아이언 잉곳』×12가 이어진다.

이런 소재는 부서지면 곤란하다.

아무래도 상관없는 느낌의 아이템을 위로 올려서─! 좋아!

『나무토막』×56

『아이언 잉곳』×12

『아이언 스태프』×3

『힐 포션』×6

이런 순서로. 가장 위에 필요도 없고 숫자가 많은 걸로 났다.

『아이언 잉곳』이 숫자가 많으므로 그 다음.

약간의 시간으로는 이게 한계지만, 충분히 대책이 되어줄 거다.

"얌전히 있어 주시죠!"

노조미의 공격. 렌은 가드. 21의 대미지.
렌의 나무토막은 파괴되고 말았다!

노조미의 공격. 렌은 가드. 19의 대미지.
렌의 나무토막은 파괴되고 말았다!

"좋아……!"

동시에, 엷은 녹색으로 변색했던 아카바네의 양손검 색상이 원래대로 돌아갔다.

—효과가 끝났어! 다음 『머티리얼 브레이크』는 4분 후!

버텨냈다고— 자, 반격을……!

"안심하기는 이를 텐데요! 『검의 춤』!"

『머티리얼 브레이크』의 재사용 대기시간 초기화인가!

그러나 아이템 순서는 바꿔놨다—!

"그리고 오의—!"

"앗!"

뭔가 온다?! 나는 대비했다.

"『헤카톤 웨이브』!"

아카바네를 중심으로 엷은 녹색 이펙트의 충격파가 방사됐다.

그 속도가 너무 빨라서 나는 가드를 굳힐 수밖에 없었다.

노조미의 헤카톤 웨이브가 발동. 렌은 가드. 74의 대미지. 렌의 나무토막이 54개 파괴되고 말았다!

노조미의 헤카톤 웨이브가 발동. 렌은 가드. 77의 대미지. 렌의 아이언 잉곳이 12개 파괴되고 말았다!

"뭣이이이이이이이이이?!"

『머티리얼 브레이크』를 조합한 오의구나!

모션과 이펙트를 보아하니, 범위 아츠인 『그랜드 웨이브』와의 합성인가.

섞으면 스택을 모조리 파괴하는 거냐!

게다가 이어지는 일반공격에도 『머티리얼 브레이크』의 효과가 남아있다.

내려치는 일반공격!

노조미의 공격. 렌은 가드. 21의 대미지.
렌의 아이언 스태프는 파괴되고 말았다!

노조미의 공격. 렌은 가드. 19의 대미지.
렌의 아이언 스태프는 파괴되고 말았다!

"하아아아아앗!"
즉시 하단에서 펼쳐지는 올려치기 공격.

노조미의 공격. 렌은 가드. 18의 대미지.
렌의 아이언 스태프는 파괴되고 말았다!

노조미의 공격. 렌은 가드. 20의 대미지.
렌의 힐 포션은 파괴되고 말았다!

그 로그가 보였는지 아카바네가 씨익 웃었다.

"후훗. 소재가 다 떨어졌군요? 자, 이걸로 당신의 이빨은 부러져 버렸어요!"

네, 그 말씀이 맞습니다!

아이템 파괴를 무효화하는 탤런트나 장비가 있다면 좋았

을 텐데……!

지금 시점에서는 어느 쪽도 갖고 있지 않다―!

이건 진짜로 큰일인데, 공격수단이 다 박살나 버렸다고!

이래서는, 이대로 슬금슬금 깎여서 아무런 반격도 못하고 끝나고 만다.

으그그그그그극! 이렇게 시시하게 끝낼 수 있겠냐아아아아아!

적어도 뭔가 할 수 있는 게 없을까……?!

바로 그때였다.

류는 『브론즈 액스』를 발견했다!

렌은 『브론즈 액스』를 손에 넣었다!

갑자기 그런 로그가 끼어들었다.

"앗?! 『오토 채집』인가……?!"

수호룡의 배틀 참가는 금지지만, 『오토 채집』은 가능한 건가……?!

그나저나 이 『브론즈 액스』가 나왔다는 건, 무기도 가능하다는 거구나.

『브론즈 소드』가 나와준다면 『지팡이칼』을 만들 수 있는데…….

『브론즈 소드』의 『지팡이칼』로도 제대로 맞으면 일격필살일 거다.

물론 소재에 『아이언 잉곳』이 나와줘도 되고.

지팡이 쪽은 『광신자의 지팡이』가 아직 장비 칸에 무사히 있다.

소드계가 확보된 순간 합성해버리면—.

즉— 아직 승산은 있다는 뜻이다!

원래 나의 특기 플레이는 노가다와 롤러 작전이지만—.

여기서는 『오토 채집』 뽑기에 의존하는 운빨겜에 걸겠어!

우오오오오오오아아아아앗!

류! 류 군! 류 씨! 류 니이이이이이이임!

부탁합니다 부탁합니다 부탁합니다!

저에게 『브론즈 소드』나 『아이언 잉곳』을 주시옵소서어어어어어어어!

그때까지 저는 전력으로 살아남겠습니다!

"항복해도 되는데요? 명색이 친구인데 끝이 뻔한 승부로 상처를 주는 건 마음에 걸리니까요."

"사양하겠어. 아직 지지 않았고, 그럴 생각도 없으니까!"

"……또 뭔가 꾸미고 있군요. 손쓸 방도가 아직 있다는 건가요……?"

뭐, 현재 시점에서는 없긴 하지만!

운빨겜이다 운빨겜! 『오토 채집』의 뽑기에 달렸어!

"글~쎄다? 있는지 없는지는 나도 잘 모르겠다는 느낌인데."

운빨겜이니까. 운빨겜.

"그럼 나는, 자신이 쓴 방법을 믿을 뿐! 몰아붙이도록 하겠어요!"

아카바네가 지면을 박찼다.

두둥실 떠올라서 스케이트의 점프처럼 빙글 회전.

이건— 소드 댄서의 댄스 중 하나다.

"『배니시 플립』!"

목소리와 동시에 아카바네의 모습이 사라졌다.

"웃?!"

그렇다. 이건 모습을 감추는 은밀 행동용 댄스다.

주로 시각감지계 적 몬스터에게 들키지 않고 이동하기 위해 쓴다.

그러나 대인전이라면 모습을 감춰서 공격할 수 있는 강력한 선택지이기도 하다.

카타오카의 도적 같은 것도 비슷한 은밀 행동용 스킬을 갖고 있다.

그쪽은 모습을 감춘 상태에서 기습공격을 하면 대미지 보너스가 붙기도 한다.

그만큼 암습에 관해서는 도적이 더 뛰어나지만—.

소드 댄서의 이것도 충분히 위협적이다.

"이야아아아아압!"

"큭?!"

오른쪽 후방에서 날아온 참격이 내게 히트했다.

『매의 극광석』의 효과인 2격은 막았지만, 1격은 그대로 맞아버렸다.

나는 다시 공격이 날아오기 전에 『윈드밀』로 그 자리에서 이탈해 거리를 벌렸다.

"아야야얏……! 맞아버렸나!"

"2격에 반응한 것만으로도 대단하네요. 완전히 보이지 않는 공격이었는데."

미소를 띤 아카바네의 모습이 슬그머니 나타났다.

모습을 감춘 투명 상태에서 뭔가 공격을 하면 효과가 끊어지기 때문이다.

그러나 즉시 팟, 나타나는 게 아니라 몇 초 후에 서서히 나타나는 느낌이다.

즉, 그 몇 초간은 투명한 상태로 콤보를 이어갈 수 있다.

도적의 투명화는 끊어질 때는 즉시 출현하지만─.

이런 미묘하고 세밀한 성능차가 붙어있다.

대미지 보너스가 붙어서 단발에 확실하게 깎아내는 도적.

서서히 끊어지는 투명화로 콤보를 꽂아 넣기 쉬운 소드 댄서라는 느낌인가.

참고로 공적은 투명화를 갖고 있지 않다. ……어째서야.

─그때, 우리 수호룡이 일을 하고 있다는 로그가!

류는『떡갈나무 가지』를 발견했다!
렌은『떡갈나무 가지』를 손에 넣었다!

으~음, 아깝다! 다음이다! 다음으로 가자!

"레이징 암』!『배니시 플립』!"

무기성능 업도 병용한 아카바네가 다시 모습을 감췄다.

『배니시 플립』은 AP가 필요하다.

그러나『투신의 숨결』을 가진 그녀라면『배니시 플립』으로 항상 모습을 감추면서 공격하는 것도 가능할 거다.

그리고 특히 이런 곳에서는 그 공격이 더욱 위협적이다.

이런 곳이라는 건 사람이 많고, 떠들썩한 곳이라는 뜻이다.

여기가 무음이고 조용한 곳이라면 발소리로 공격 방향을 판단할 수도 있었을 텐데—.

"……어쩔 수 없나!"

딱히 해결되지는 않을 것 같지만, 나는 시간을 벌 필요가 있었다.

나는 재빨리『디스트라 서클』을 영창해서 전개했다.

범위는 그리 크지 않다. 나 자신을 중심으로 배치했다.

그리고 의식을 주변에 집중했다. 가능한 한 귀를 기울였다.

아카바네가 서클 안으로 들어온다면, 빛이 반응해서 실루엣이 보인다—.

—그런 게 있으면 좋았겠지만! 유감! 그렇게 짭짤한 이야

기는 아니다!

전개된 『디스트라 서클』은 붉은색 빛의 원진.

거기서 빛이 솟구쳐서 원기둥형 필드가 형성된다.

그리고 이 안에 있으면— 바깥에서 들리는 소리를 다소 차단할 수 있다.

이거라면—?!

나는 눈도 감아서 온 신경을 소리에만 집중했다.

타탓.

들렸다! 왼쪽 대각선 앞!

나는 소리에서 추측한 공격의 궤도로 『광신자의 지팡이』를 들었다.

직후, 무거운 반응이 지팡이에 전해졌다.

다시 한 방 같은 궤도로 온다! 그대로 대기. 다시 가드했다.

다음 모션은 하단에서의 올려치기!

뇌내 재생되는 공격 모션에 타이밍을 맞춰서 가드를 했다!

깡깡! 하는 2연타 참격, 그것도 가드했나.

『디스트라 서클』 덕분에 대미지도 한 방에 5 이하로 줄어들었다.

"앗……! 보지도 않고 가드를……?!"

"좋았어—! 소드 댄서의 모션은 실컷 봐서 익숙하거든!"

방향과 거리만 안다면 보지 않더라도 흐름을 따라 가드할 수 있어!

『배니시 플립』 후에 공격을 받는 것도 아키라와의 모의전으로 익숙하니까!

"그 정도로 이런 게 가능하다니, 비상식적이에요!"

"알 게 뭐야! 가능하니까 어쩔 수 없잖아!"

그러나 이게 가능하더라도 근본적인 해결은 되지 않는다.

서클의 효과가 떨어질 때까지 아카바네가 기다리면 그뿐이다.

그러므로 서클을 유지하기 위해, 효과가 끊어지기 전에 다시 전개해서 덧씌울 필요가 있다.

그러나 MP는 유한. 언젠가는 다한다.

그러므로 결국은, 역시 기다리면 그걸로 끝이지만—.

하지만 시간을 끄는 효과는 있다. 지금의 내게는 시간이 필요하다.

이걸로 한동안 버티겠어!

내가 눈을 뜨자—.

류는 『매의 아이언 소드』를 발견했다!
렌은 『매의 아이언 소드』를 손에 넣었다!

—에엥?! 뭔가 이상한 로그가 보이고 있습니다만?!

"뭣이이이이이이이잇?! 그 녀석 대체 무슨 물건을……!"

200만 미라가 또다시! 굉장해~~~~~~~~!

아키라 같은 강운의 소유자와는 달리, 나의 아이템 운은 평범 이하다.

이건 1년에 한 번 정도가 아니라, 졸업까지 통틀어도 가장 운이 좋은 순간일지도 모른다.

이거 굉장하네, 좋아 보존이다! 나이스입니다, 류 씨!

자, 다음 가자 다음!

나는 아카바네의 공격을 조금 전의 요령으로 흘려내면서 두근두근 다음을 기다렸다.

그러나―!

"뀨뀨~♪ 뀨뀨~♪"

나는 발견했다……. 투기장 천장 근처 창문을 통해 류가 만족스러워하며 들어왔다.

그리고, 관객석에 있는 마에다와 야노에게 갔다.

그리고, 안기자마자 그대로 늘어져서 자기 시작했다.

응, 잤다! 자버렸지?!

저 녀석, 자버리면 한동안 안 일어난다고. 몇 시간 정도.

"……어이. 이거 진짜냐……?!"

그밖에 『지팡이칼』을 만들 수 있는 건 없다.

류는 자고 있으니까, 몇 시간 정도는 『오토 채집』을 해주지 않는다.

역시 몇 시간이나 시합을 질질 끄는 건 무리다. 도중에 당한다.

즉, 이기려면—『매의 아이언 소드』를 쓸 수밖에 없어어어어어어어!

"『브론즈 소드』로도 충분한데 또 200만 미라라고……!"

1년에 한 번은 고사하고 평생 한 번 올까 말까 한 행운을, 나는 바로 내던져야 하는 건가!

으그그그그극……! 아까워어어어어어어어어어어어!

언젠가 내 돈으로『데드 엔드 V』를 날리고 싶기는 했지만— 지금은 아니잖아?!

아니, 하지만 이제 이기려면 이것밖에 없어 이것밖에 없어 이것밖에 없어……!

"우오오오오오! 하아아아아아아아아아면 되잖아아아아!"

나는 반쯤 울상을 지으며 우렁찬 고함을 내질렀다.

나는! 살의의 파동에! 각성했다!

자, 이렇게 되면 때려 박겠어.『데드 엔드 V』를 말이지이이이이!

그러기 위해서는 우선『지팡이칼』을 만들어야 한다.

문제는 어디서 그 빈틈을 만들어내야 하는가—.

"『썬더 스매시』!"

보이지 않는 아카바네가 내게 펼치려는 아츠는 번개 속성이 붙은 것이었다.

속성계 기술은『광신자의 지팡이』와 상성이 나쁘다.

INT −60과 MND −60이 붙어있으니까.

오히려 받는 대미지가 늘고 만다.

"『윈드밀』!『스팅 숏』!"

뛰어오르기&착지 비틀기로 회피하면서 최대한 거리를 벌렸다.

여기서 단숨에 결판을 내겠어!

"『디어질 서클』!"

나는 MP를 1/3 정도 사용한『디어질 서클』을 전개했다.

녹색으로 빛나는 원진이 나와 아카바네를 감쌌다.

나는 즉시 다음 서클 전개를 시작했다. 그녀가 다가오기 전에 서클을 연타하자.

"『디스트라 서클』!"

『디스트라 서클』은 붉은색 빛이다. 이것도 조금 전과 같은 범위로.

"『디인테 서클』!"

이건 푸른색 빛을 발하는 원진이다.

이걸로 세 개의 서클의 범위가 겹쳤다.

그렇게 되면―!

"앗……?! 어디에―?!"

아카바네가 놀라서 소리를 질렀다.

갑자기 주변이 어두워지며 시야가 상당히 나빠졌기 때문

이다.

그 때문에 내 모습을 잃어버렸다.

서클계 마법이 발하는 빛의 색상은 각각 다르다.

그리고, 범위를 겹치면 색상이 섞이게 된다.

적(赤)·청(靑)·녹(綠)을 섞으면 흑색이 된다.

검은색 빛으로 변한 3중 서클 안에서는 캐릭터의 모습을 보기 힘들어진다.

이것도 뭐, 검증된 현상 중 하나. 그래픽을 이용한 눈가리기다.

하지만 현실에서 그림물감을 쓰면 적·청·녹으로 흑색이지만, 빛이라면 백색이 될 거다.

왜 흑색이냐면, 어디까지나 그래픽이라서 현실의 빛이 아니니까.

현실에서 검은색 빛은 없지만, 게임이니까 섀도 어쩌고~하는 검은 빛이 있단 말이지.

"큭……! 『배니시 플립』!"

아카바네가 지면을 탁 박차며 훌쩍 떠올랐다.

여기서 놀라면서 발을 멈추면 편했겠지만 역시 아카바네다.

위험을 감지하고 즉시 반응해서 자기 몸을 숨기려 했다. 역시 플레이어 스킬이 높다.

하지만—!

그렇게 둘 순 없지! 나는 대롱 화살 아츠 『그림자 화살』을 쐈다.

　"큭……?!"

렌의 그림자 화살이 발동! 노조미에게 25의 대미지!
노조미는 잠에 빠졌다.

『그림자 화살』이 맞아서 수면 발동. 독 대미지로 바로 눈을 뜨겠지만, 『배니시 플립』의 발동만큼은 저지했다.

　언뜻 쓸모없어 보이지만 독 대미지는 3초마다 HP가 줄어드는 사양이다.

　즉, 3초간은 움직임을 멈출 수 있다.

　한 발뿐인, 극소시간의 동작 방해지만, 타이밍에 따라서는 무시무시하게 유용하다.

　이 3초를 써서 나는 이긴다!

　나는 즉시 『지팡이칼』 합성을 마쳤다.

　지금 내게 있는 유일한, 『광신자의 지팡이』와 『매의 아이언 소드』를 조합했다.

　"『윈드밀』!"

　대 점프! 그 직후―!

노조미는 눈을 떴다.

"응……?!『배니싱 플립』!"

아카바네가 지면을 탁 박찼지만—.

"……늦어!"

이미 나는 그녀의 뒤에 착지했다.

나는『광신자의 지팡이』와『매의 아이언 소드』를 조합한『지팡이칼』을 뽑았다.

자, 금세기 최대의 돈 낭비(두 번째)를 보아라아아아아아아아아아아!

"오의—!『데드 엔드으…… V이이이이이이』!"

서걱촤아아아아아아아아아아악!

베어버리고, 즉시 반전해서 V자를 그리는 고속 2연격.

그것이 이쪽에 공격을 걸기 직전이었던 아카바네를 포착했다.

"앗?! 꺄아아아아아아아아아아앗?!"

맞았다!

아카바네가 하늘 높이 떠오르더니 빙글빙글 회전하면서 바닥에 낙하했다.

우오오오. 지금 엄청나게 날아갔네. 불꽃놀이 같아 보일 지경이다.

마지막이 올려치기니까 운동방향이 위쪽으로 가는 건가?

그리고 로그가 보였다—.

렌의 데드 엔드 V가 발동. 노조미에게 5244의 대미지!
렌은 노조미를 쓰러뜨렸다.
듀얼 종료! 렌의 승리입니다! 렌의 통산 전적은 5승 0패입
니다.

"후, 후후후후…… 아까워…… 아깝지만—!"

하지만, 하지만 말이죠—!

이 대미지는 대체 뭐냐고오오오오오오오오!

전혀 의미가 없어! 의미는 없지만, 5244라고!

몇 배의 오버킬이냐고! 다섯 배는 거뜬하네, 다섯 배는!

굉장해에에에에에에에에에!

손이—! 손이 떨리고 있어……!

"쩐다, 쩔어. 엄청 기분 좋아……! 역시 폭딜은 로망이
야……!"

뇌수가 넘쳐흐르는 기분이다! 그야말로 콸콸 쏟아지고 있어!

역시 이거야 이거! 이것이 로망포의 묘미지!

회장도 진가를 발휘한 로망포의 비거리에 얼이 빠진 모양
이었다.

"또 『데드 엔드 V』냐! 저 녀석 정신 나간 거 아냐……?!"

"하지만 저런 녀석이니까 볼만하다고……! 뭐야 저 대미지는!"

"굉장해에에에에! 왠지 좋은 걸 본 것 같아……!"

음! 좋네, 즐거워하는 것 같아서 다행이군!

『시합 종료~! 타카시로의 승리입니다! 결승 진출 축하합니다~!』

나카다 선생님의 중계가 회장에 울려 퍼졌다.

"핫핫핫! 보았느냐 이 대미지를! 폭딜은 로망이다! 모두 문장술사 하자고!"

텐션이 올라간 나는 회장을 향해 외쳤지만ㅡ.

"시끄러! 그런 것보다 왜 노조미 님을 쓰러뜨린 거냐 인마 아아아아!"

"맞아맞아! 우리는 노조미 님과 아키라의 결승을 보고 싶었는데!"

"재미있었지만, 네놈은 돈만 내던지고 져버리는 게 좋았다고!"

노조미 님 팬 여러분에게 야유를 당했다. 너무해…….

뭐, 원래 원정지 분위기였으니까.

아무튼 이겼다아아아아아!

결승도 갔고, 아카바네에게 이야기도 들을 수 있겠네!

"그래서, 왜 아키라한테 자기가 스칼렛이라고 말하지 않는 건데?"

시합 종료 후—.

대기실로 돌아가는 도중에 나는 아카바네를 불러 세워서 물었다.

"그, 그건—."

아카바네는 왠지 갑자기 우물쭈물했다.

"그건?"

"그게, 만약 말했다가 EF에서도 피하게 되면 어쩔 건가요……?! 아키라가 저를 피하는 건, 당신도 잘 알잖아요?"

"아, 뭐, 조금 거북해하는 것 같기는 했는데……."

솔직히 아키라치고는 상당한 거부반응을 보이고 있다는 건 틀림없지만.

"그렇죠? 그러니까 알려지게 되면 EF에서도 거리를 두게 될지도 몰라요. 저는 그게 무서우니까, 알려지고 싶지 않아요."

그렇군…… 나와 유키노 선배의 견해하고는 반대인가.

나와 유키노 선배는 EF에서 친했으니까 여기서도 친해질 수 있을 거라 생각했다.

그러나 아카바네는 이쪽에서 피하고 있으니까, EF에서도 그럴 수 있다고 생각하는 것이다.

"음……? 그래도 아키라라면 그런 걱정은 필요 없다고 생각하는데."

내가 그렇게 말하자 눈을 게슴츠레 뜬 아카바네가 슬쩍

억박질렀다.

"가볍게 말하지 마시죠. 그럼 만약 말했다가, 역시 EF에서도 거리를 두게 되면, 당신이 책임질 수 있나요?"

"아니, 그건—."

"그렇죠? 리스크가 너무 크다고요. 지금은 아직, 알릴 때가 아니에요."

"흠…… 근데 말이지. 그럼 이대로 괜찮은 거야?"

"그렇지는 않아요. 지금은 아직— 이라고 했잖아요? 그러니까 비밀을 밝힐 기반을 쌓기 위해서, 제 쪽에서 다가가고 있잖아요."

"그게 다가가고 있었던 거였어?! 시비를 거는 걸로밖에 보이지 않았는데……?"

나의 감상을 듣자 아카바네는 깜짝 놀란 모양이었다.

"네에에에엣?! 그, 그런 말도 안 되는……!"

"아니, 내가 할 말이거든! 그럼 그냥 평범하게 친구가 되어달라고 하라고……!"

뭐지? 가벼운 커뮤니케이션 장애인가?

상류층으로 태어나면 의도치 않게 남을 깔아뭉개는 게 자연스러워진다고 하던데.

"시, 시끄럽네요! 평범하다는 게 뭔가요 평범하다는 게?! 애초에 친구 같은 건 상대 쪽에서 다가오는 거잖아요……!"

아카바네는 얼굴을 붉히고 있었다. 왠지 부끄러워하고 있는 것 같은데.

"아~ 자기가 직접 친구를 만들어본 적이 없다고?"

"……네."

상류층이니까 상대방이 다가오는 거구나, 상류층이니까.

아마 아키라와 비슷한 환경이겠지.

그래서 주변 환경이 시시하다고 말했었고, 현실을 무시하고 어울릴 수 있는 온라인 게임에 빠진 건가.

"좋아, 알았어! 그럼 나도 협력해줄게! 스칼렛에 대해서는 말하지 않을 거고, 아카바네가 아키라에게 말을 걸러 올 때는 은근슬쩍 커버해주겠어!"

"그, 그런 건 됐거든요! 저 혼자서도 충분해요!"

진짜냐? 수상한데.

얘한테만 맡겨놓으면 잘 될 것 같지 않단 말이지…….

"자자, 그렇게 말하지 말라고. 내가 멋대로 도와주는 거니까. 역시 사이좋게 게임을 하고 있는 만큼, 현실에서 친해지지 않을 리가 없다고 생각하거든."

"굳이 그러겠다면야 말리지는 않겠지만…… 우리의 경우는 조금 사정이 특수하거든요. 서로 저 쪽에게는 지지 말라고, 그런 말을 들으며 자랐으니까요."

"흠…… 그러고 보니, 원래 집안끼리 장사의 적수 사이라고 했지? 애초에 왜 이렇게 된 거야?"

"정말로 단순한 우연이었어요. 제가 오빠의 추천으로 EF

를 시작하고 나서 처음으로 만난 플레이어가 당신하고 아키라였으니까요."

응. 초보자였던 스칼렛과 로그인 첫날에 알게 돼서, 그 후에 이것저것 도와주거나 같이 놀러 가기도 했지.

"무척 즐거웠어요. 현실에서는 아카바네 가의 딸이라는 걸 피할 수 없지만, 그 세계에서는 아무것도 신경 쓸 것 없이 자유로웠으니까요."

"……아키라도 똑같은 소리를 했었는데."

"그런가요."

아카바네가 키득 웃었다. 조금 기쁜 모양이다.

아키라와 같은 의견이라는 게 기뻤던 걸까.

"당신들과 플레이를 하는 게 즐거웠으니까―. 그래서, 실례지만 어떤 사람들인지 조사를 했었어요."

"흠흠. 그래서 플레이어 아키라가 아오야기네 아키라라는 걸 알게 된 거구나."

"그렇죠. 지금까지는 아키라를 쓰러뜨려야 할 적이라고밖에 인식하지 않았었는데……."

"실은 좋은 녀석이었다?"

"네. 그러니까 이제, 적이니 라이벌이니 하며 다투는 게 싫어져서……. 하지만 우리에게는 지금까지 쌓인 것들이 있으니까……."

"그렇군 그렇군……. 호감도가 마이너스 스타트니까 시간이 걸리는 건가."

"네. 솔직히 말해서, 아키라는 저를 싫어하며 피하고 있으니……. 스칼렛이라는 걸 밝히는 건, 그게 해소되고 난 다음에 하려고 해요."

응응. 아카바네도 나름대로 고민을 하면서 아키라와 친해지려는 작전을 실행 중이었던 것 같다.

하지만 뭐, 상류층이라 그런지 커뮤니케이션 장애라서 잘 안 풀리는 건가.

"오케이, 알았어. 아까도 말했지만 협력해줄게. 스칼렛에 대해서는 아키라한테는 비밀로 하고 노력해 볼까!"

"……당신, 참견쟁이네요."

"그런가?"

"네— EF 때와 똑같아요."

오오. 아카바네의 부드러운 미소를 보는 건 처음일지도 모른다.

아름답다는 말이 딱 들어맞네.

그렇게 대기실로 내려오자—.

"렌, 축하해~! 해냈네, 이걸로 결승 진출이야!"

"오오! 아키라도 다음에 이겨달라고!"

"흥, 아쉽게 됐군요. 제 손으로 당신을 쓰러뜨리려고 했는데요."

아니…… 으~음. 역시 이건 친구가 되려는 녀석의 태도가 아니네!

앞길은 첩첩산중 같지만— 뭐, 두 사람이 친해지도록 지켜보기로 하자.

자, 드디어— 미스틱 아츠가 주최한 대인전 듀얼 대회 봄의 신인전도 결승을 맞이하게 되었다!

결승 카드는 나 VS 아키라의 같은 길드 대결이 되었습니다!

우리는 둘이서 나란히 결승 투기장으로 향하는 계단 앞에 섰다.

"겨우 여기까지 왔네~! 벌써 목적은 달성했고, 우리 열심히 했어!"

아키라가 즐겁게 웃었다.

이미 『레이브라의 마필』이 우리의 것이 되는 건 결정되었다.

여기서부터는 이른바 보너스 스테이지나 엑시비션 매치다.

이제는 아키라의 말대로 열심히 즐기면서 끝내면 된다.

"그러게—. 길고 험난한 싸움이었어……. 엄청난 금액이 어둠 속으로 사라졌지……."

"하하하…… 꽤 돈을 내던졌지. 총 400만 미라가."

"플러스 『광신자의 지팡이』도."

뭐, 그건 그렇게 비싸지는 않지만, 없으면 없는 대로 꽤 곤란하다.

『지팡이칼』에 쓰이는 『아이언 소드』는 어떻게든 이 결승용으로 준비할 수 있었다.

그러나 『광신자의 지팡이』쪽은 보충하지 못했다. 또 사러 가야지.

"뭐, 받은 거랑 주운 거니까 처음부터 없었던 걸로 치고 포기할 수밖에 없지 않아?"

"아니, 딱히 미련은 없어. 대미지 5000은 엄청 기분이 좋았으니까! 전부 용서할 수 있어! 역시 폭딜은 로망이야! 아키라도 해보면 알걸?"

"웅? 소드 댄서 폐업해도 돼? 그럼 문장술사가 되어볼까~?"

"아니, 역시 안 되겠어. 아키라는 그대로 소드 댄서를 부탁드립니다."

로망포는 코스트를 도외시하면 일대 일 듀얼에서도 그럭저럭 싸울 수 있지만, 진가를 발휘하는 건 소드 댄서와 조합했을 때니까.

나와 아키라가 조합해야지만 진가를 발휘한다.

"뭐어~? 성능적인 의미로?"

"그래. 성능적인 의미로. 역시 상성이 딱 맞으니까."

"플러스 눈호강 같은 의미도 들어있다는 느낌?"

"……그렇지! 뭐, 어디까지나 서브 같은 의미지만, 언제나 감사합니다!"

"……정말~. 요즘 어느 쪽이 진심인지 모르겠다니까. 렌은 전혀 사양 않고 보잖아. 상대가 내가 아니었으면, 분명 엄청 화냈을걸?"

아키라가 게슴츠레 바라봤다.

"그게…… 그래도 무심코, 말이지—."

그때, 계단 너머 투기장에서 중계방송이 들렸다.

『그럼 결승전! 선수 입장입니다~!』

"아, 호출이 나왔네!"

"좋아— 가볼까."

"봐주지는 않을 거니까! 있는 힘껏 하자!"

"그래— 서로 원망하기 없기야!"

나와 아키라는 서로 고개를 끄덕이며 계단을 오르기 시작했다.

이 계단은 두 사람 말고는 누구도 볼 수 없는 공간이다.

그곳에 들어서자 아키라는 내 팔을 붙잡고 꼬옥 안겨 왔다.

팔에 아키라의 가슴이 물컹 눌려서 무척 부드럽습니다만!

"야, 야……! 왜 그래?"

역시 조금 두근두근하며 물었다.

"흐흐~응. 어째서일 것 같아?"

"아니, 모르니까 물어보는 건데……."

"미인계~♪ 이렇게 렌을 두근두근하게 해서 평정심을 잃게 만들고, 싸움을 유리하게 진행하려는 책략이야~♪ 그리고 이대로 나가면, 회장에 있는 모두의 어그로가 렌에게 집중되겠지♪"

"우왓, 뭐야 이거 악랄하잖아!"

"훗후후…… 봐주지 않겠다고 했잖아? 싸움은 비정한 거야, 렌!"

"나 참, 엄청난 잔학 파이트잖아—."

"어라, 그런데 책략이라는 걸 알았는데도 안 피하네?"

"아니, 으~음…… 어떤 책략이든 정정당당하게 받아준다고나 할까—."

"그냥 좋아하고 있을 뿐이잖아~?"

"노 코멘트인 걸로!"

"아, 불리해지면 입 다물기는~."

그때, 아키라가 키득키득 웃었다.

"사실은 말이지. 쑥스러운 걸 얼버무리려는 거야. 렌이 약속대로 결승까지 올라와 준 게 기뻐서 그만 이렇게 됐어—. 에헤헤…… 미안, 놀랐지?"

"아, 아니, 좋은 의미로 놀란 거니까, 딱히—."

"……."

"……."

서로 잠깐의 침묵.

달콤쌉싸름한 듯도 하고, 간지럽기도 한—.

투기장은 이제 곧 눈앞이다. 귓가에 들어오는 회장의 소란이 점점 커지고 있다.

이건 대체 뭐죠? 미소녀 게임에서도 이런 경우는 잘 모르겠습니다만?!

아키라는 팔을 홱 떼어놓고 두세 발짝 떨어졌다.

"농담이야~♪ 좋은 정신공격이 됐지? 시합에 집중하지 못하겠지~?"

"아, 결국 그쪽이냐 요 녀석―!"

도망치는 아키라를 붙잡으려고 나도 달려갔지만, 붙잡을 뻔하다가 균형을 잃고 둘이 같이 넘어졌다.

"꺄앗······!"

"우왓―?!"

그리고― 넘어진 곳은 이미 투기장 안이었다.

다시 말해서······ 관객 전원 앞에서 아키라를 밀어 넘어뜨리며 등장! 그런 장면이 되었다.

게다가, 내 손은 아키라의 가슴 위에 몰캉 하고 올라가 있었다!

이른바 럭키 성희롱입니까! 아니, 이건 언럭키라고 해야 하나······!

그나저나 이 얼마나 부드러운 물체인가!

게임이라서 이런 걸까, 현실에서도 이런 걸까―.

"야, 너 인마~! 아키라에게 무슨 짓을 하면서 등장하는 거야!"

"우리한테 시비 거는 거냐, 이 자시이이이익!"

"저게 입장료를 낸 사람한테 보여주는 내용이냐! 책임자 나오라고 해!"

"타카시로~! 이 자식 잘못 봤어! 그건 일벌이 아니라 직결충의 소행이야~!"

관객 여러분에게서 땅울림 같은 야유가!

"아, 아하하하하…… 미안, 렌. 이럴 생각은 없었는데……."

"아니…… 원래부터 원정지가 되는 건 각오했으니까. 뭐, 개의치 말고 하자고."

"응. 그럼 가슴에서 손, 떼어줄래?"

"오옷?! 미안미안……."

"아냐. 나한테도 잘못은 있고……."

우리는 황급히 몸을 일으켜서 듀얼을 대비해 서로 마주 봤다.

『자, 느닷없이 그런 장면을 보고 말아서, 나이 = 연인 없는 몸으로서는 의욕이 거의 없습니다만, 결승전입니다! 분명 이 자리에 계신 분들 대다수는 제 마음을 이해해주시리라 생각합니다!』

선생님의 커밍아웃이 낀 중계에 「바로 그거다!」라는 박수가 쏟아졌다.

『이제 그냥 멋대로 러브러브하며 싸우면 되지 않을까요?! 네, 시작. 어서 하시죠.』

의욕 없어 보이는 중계와 함께 결승의 종소리가 울려 퍼졌다.

자, 그럼 결승전 개시!

내게 날아오는 야유가 그치지 않는 가운데, 나와 아키라는 서로 마주 봤다.

상황을 정리하자면 소재는 어떻게든 조달했기에 『지팡이 칼』은 만들 수 있다.

그러나 저번 시합에서 부숴버린 『광신자의 지팡이』는 보충할 수 없어서 사용할 수 없다.

그러므로, 내게는 아키라의 물리 공격을 노 대미지로 흘려버릴 수단이 없다.

뭐, 원래부터 『스카이 폴』을 가진 아키라가 상대다.

저것의 충격파는 마법 속성이라서 『광신자의 지팡이』로도 노 대미지는 힘들다.

이런 상황이니, 나로서는 단기 결전으로 일격필살을 노리고 싶다.

상대는 『투신의 숨결』로 AP를 자동 회복하니까 장기전이 되면 될수록 아키라 쪽이 유리해진다.

AP가 있다면 아카바네도 썼던 『배니시 플립』을 이용한 암습을 계속 반복할 거고, 아키라는 아직 보여주지 않은 비장의 수단도 갖고 있다.

그것도 AP가 많으면 많을수록 유리하게 진행되는 종류다.

장기전은 불리. 단기 결전을 노려야 한다.

그렇다면 내 첫수는―.

"『디어질 서클』!"

MP를 텅 비우는 광범위로! 이걸로 단숨에 결판을 노린다!

반면 아키라의 첫수는 『독약』 사용.

이건 이미 기본이군요. 알고 있었기에 나도 『지팡이칼』 장비로 배틀에 들어왔다.

"속공!"

나는 아키라를 향해 돌진을 개시!

"그렇게는 안 돼!"

아키라는 내게 등을 돌려서 서클의 범위 바깥으로 도망치려는 듯이 대시.

"야, 기다려어어어어어!"

"꺄앗~! 덮쳐온다~!"

도망치는 미소녀를 베어버리기 위해 쫓아가는 나라는 그림이라 어디 사는 쓰레기 악당이냐는 느낌이다.

그러나 내게 가장 승기가 있는 건 바로 이 타이밍이다! 어쩔 수 없어!

둔화 효과가 있는 『디어질 서클』 안이라서 내가 발이 빠르므로 거리가 점점 좁혀진다. 조금만 더 가면 공격이 닿을 것 같았는데—.

"『배니시 플립』!"

탁, 하고 경쾌하게 도약한 아키라의 모습이 스르륵 사라졌다.

"아아, 젠장! 벌써 AP가 다 찼나!"

나는 아키라를 잃어버렸다.

공수 교대. 이번에는 이쪽이 상대의 공격에 신경을 곤두세울 차례다.

그러나— 아무리 시간이 지나도 아키라에게서의 공격은 전혀 날아오지 않았다.

서클도 효과 시간이 지나서 소멸하여 사라졌다.

"……그렇군. 내게 1밀리도 AP를 주지 않을 생각이구나."

AP는 공격을 맞추거나 맞으면 쌓인다.

또한 『패리 링』을 장비하면 가드해서 대미지가 0인 경우라도 쌓인다.

내게 일반공격 능력은 없으니까, 지금까지는 가드하거나 가드 대미지를 받으면서 쌓인 AP를 사용하고 있었다.

아키라는 그걸 차단하려는 것이다.

"응. 맞아. 『윈드밀』이나 『스팅 숏』의 공격은 대단하지 않지만, 조합하면 트리키한 움직임이 가능하잖아? 렌에게 선택지를 주면, 응용해서 뭔가 묘안을 내버릴 테니까— 가능성은 지우도록 하겠어."

모습이 보이지 않는 아키라의 목소리가 들렸다.

목소리의 위치도, 내게 위치를 들키지 않도록 항상 이동하고 있다.

으~음, 역시 아키라. 방심도 빈틈도 없네.

아키라로서는 이대로 AP를 한계까지 쌓아둘 속셈이겠지.

『AP 한계돌파』 덕분에 아키라의 AP 최대치는 통상의 1.5배인 450이다.

거기까지 가면 이후는―.

아마도, 그 비장의 수가 온다……!

아직 이 대회에서도 한 번도 보여준 적이 없는, 전설의 그게 말이지―!

그리고 나도 그걸 쓰는 아키라와 배틀을 붙는 건 처음이다.

훈련장에서도 시험해본 적이 없는 녀석이다.

"아키라, 그걸 쓸 생각이냐―."

"훗훗훗― 봐주지 않겠다고 약속했으니까. 렌 상대로는 이렇게라도 하지 않으면 안 될 것 같고……."

"근데 괜찮아? 이렇게나 사람이 많은데."

"괘, 괜찮아……! 아마도……!"

자신 없어 보인다. 뭐, 어쩔 수 없나. 그거니까.

그리고, 시간이 더욱 흐른 뒤―.

슬슬 AP가 450까지 차올랐을 무렵인가―.

"좋아―. 가, 간다. 렌! 가, 각오해둬……!"

그 목소리와 함께, 오랜만에 아키라의 모습이 드러나게 되었다.

"오오오오오오옷! 아키라~~~~!"

"우오오오오오오오오오오오옷!"

"굉장해~~! 좋아! 좋아좋아~~!"

관객석이 대환성에 휩싸였다.

"우와~! 그거 엄청나네!"

그게 뭐냐면, 아키라가 착용한 장비의 모습이다.

평소보다 노출이 더 늘었습니다!

장식이 붙은 아슬아슬한 비키니 위에, 펑퍼짐하고 긴 천을 두른 느낌.

지금까지도 좀 그랬지만, 이번에는 그걸 웃돈다.

비키니 부분은 은색 베이스에 금색의 문양이 섞였다.

아래도 은실로 짠 건지 반짝반짝 빛나는 것처럼 보인다.

특히 상반신의 살색 성분이 현저해서, 가슴의 출렁출렁한 느낌이나 허리의 잘록하게 들어간 느낌이나 쏙 들어간 배꼽 부근 같은 게 다 보이게 되어있다.

아래쪽도 천은 길지만 슬릿이 엄청 깊게 파여서 입지 않은 느낌마저 든다.

우와~ 역시 스타일 좋네. 에로하고도 귀엽다는 건 이런 거구나!

"너, 너무 보지 마. 부끄러우니까……!"

"싸우는 상대에게서 눈을 돌릴 수는 없잖아. 그리고 회장에 있는 모두가 다 보는데?"

"우우우우우우……! 그건 말하지 말아줘. 신경 쓰지 않으려고 하고 있으니까!"

저 장비는 『엔젤 참』이라는 이름의 장비다.

이것도 아우미슈르 대고분의 보물고에서 나온 아이템이다.

보는 대로 저런 그래픽이라서, 그야말로 보는 이를 매료하는데—.

특수성능으로 『이성에 대한 공격이 모두 가드 불가가 된다』는 효과를 가졌다.

넋을 잃게 되어서 동작이 흐트러지는 느낌을 나타내는 성능이겠지.

꽤나, —아니 무척 강력한 성능이다.

단, 외모가 너무 눈에 띄는 것을 재현한 건지 『배니시 플립』같은 투명화가 전부 무효화되는 결점도 가지고 있다.

갈아입기를 잘 구사하면 회피할 수 있는 결점이지만, 아키라는 아직 장비인 『이큅 링』도 탤런트인 『퀵 체인지』도 갖고 있지 않기 때문에 수동으로 장비를 체인지한 거다.

지금부터는 계속 『엔젤 참』 장비로 싸우겠다.

이것이 아키라가 가진 비장의 수단이다.

아무튼 이제부터 나는 아키라의 공격을 전혀 가드할 수 없게 되었다.

가드 모션을 취한다 해도 대미지를 전혀 경감할 수 없어진다.

이렇게나 강력한 것을 아키라가 줄곧 온존해둔 이유는, 당연하게도 외견이 너무 과격해서 부끄러웠기 때문이다.

그리고 지금에 와서— 마침내 저 전설의 장비를 해금한 것이다.

"가, 갈 거야. 렌! 지금부터는 속공으로 끝내줄 테니까!"

아키라는 얼굴을 새빨갛게 물들이며 그렇게 선언했다.

"에에잇!"

아키라가 처음으로 내게 공격을 날렸다.

떨어진 곳에서 검을 휘둘렀을 뿐이지만—.

『스카이 폴』은 그에 맞춰서 충격파를 만들어냈다.

그리고 『엔젤 참』의 가드 무효 효과 탓에 이걸 가드할 수 없다.

아키라는 충격파를 쏘자마자 바로 달려서 뒤에 딱 달라붙었다.

내가 피하면 그에 맞춰 바로 공격을 가할 셈이겠지.

자— 지금부터 어쩌지?

피하지 못하는 건 아니지만, 아키라는 내 회피를 간파하고 추격해올 심산이다.

AP는 없으므로 『윈드밀』로 점프해서 피하는 건 불가능.

내 움직임은 상당히 제한된다.

그럼— 일격필살을 노리러 간다!

나는 충격파를 무시하고 그대로 똑바로 돌진했다.

뒤로 튕겨나갈 뻔했지만 버티면서 그대로 앞으로.

아키라의 공격. 렌에게 73의 대미지!

무시! 충격파 바로 뒤에 있는 아키라의 근접 거리로 뛰어들었다!

"『호크 스트라이크』!"

아키라가 아츠를 발동해서 내 머리 위를 뛰어넘었다.

거리를 벌렸나―. 저쪽은 AP가 450이니까.

"칫, 도망쳤나……!"

"한 방 더 간다!"

슈우우우웅!

다시 충격파가 나를 향해 날아왔다.

이대로 돌진해도 다시 피하겠지……!

그럼 이건 어떠냐며, 나는 비스듬히 후방으로 달려서 거리를 벌렸다.

그 움직임을 본 아키라는 발을 멈추고 다시 내게 충격파를 날렸다.

다시 내 앞으로 다가오는 충격파.

『스카이 폴』과 『엔젤 참』의 조합은 성가시네……!

완전히 남자를 죽이는 조합이잖아.

돌진하면 피하고, 도망치면 쫓아온다.

"좋아— 그렇다면!"

나는 충격파를 눈앞에 두고 아이템 박스를 열었다.

그리고 『힐 포션』을 사용했다.

충격파를 맞으면서 HP가 회복. 효과는 대미지와 회복량이 거의 동등했다.

아키라는 내 오의를 경계해서 근접 거리에는 들어오지 않는다.

거리 바깥에서 다시 충격파. 나는 비스듬히 뒤로 피하며 거리를 벌렸고—.

다시 같은 시퀀스다.

방향 전환한 나를 노리고 날아온 충격파에 맞춰서 포션 사용.

결과 대미지는 엇비슷하다.

두 번 반복되자 아키라는 움직임을 멈추고 이쪽을 탐색하듯이 빤히 바라봤다.

"그렇구나……. 그걸로 AP만 벌겠다는 거지?"

"아, 들켰나."

일단 거리를 벌린 건 포션 캐스팅 타임이 조금 있기 때문이다.

다소 거리를 벌리지 않으면 먼저 충격파가 착탄해서 사용이 중단된다.

거리를 유지하면서, 포션 발동 직후에 충격파가 착탄하도록 조정해놨다.

이대로 이걸 계속하면 AP가 쌓여서 내 선택지는 늘어난다.

그렇게 두지 않겠다면서 근접 거리로 파고들면, 일격필살의 가능성을 얻는다.

자, 아키라. 어떻게 나올 거지?

"이대로 렌의 포션이 다할 때까지 기다려도 되긴 하지만—?"

실제로 그게 가장 곤란하긴 하지.

근접 거리에 들어오지 않고, 가드 무효의 충격파로 계속 깎아서 죽이는 게 가장 위험하다.

대미지를 입었을 때의 획득 AP는 상대의 공격 종류에 따라 정해지고, 대미지량에는 의존하지 않는다.

가드 무효인 아키라의 공격은 대미지가 높지만, 습득 AP는 가드로 대미지를 경감했을 때와 변함이 없다.

즉, AP 습득 효율이 매우 나쁘다는 뜻이다.

지금까지처럼 가드로 어느 정도 버티면서 펑펑 아츠를 사용할 수 있는 상황은 되지 않는다.

그 전에 이쪽이 당해버릴 가능성이 크다.

실제로 포션의 숫자도 그렇게 많지 않으니까…….

여기서는 어떻게든 근접 거리의 싸움으로 몰고 들어가고 싶다.

"훗…… 그렇게 여유 부리고 있어도 되겠어? 서둘러야 하잖아? 저기 보라고—."

나는 관객석을 가리켰다.

아키라의 움직임이 멈춰있는 지금은 더할 나위 없는 셔터 찬스다.

관객들이 가진 『마도식 영사기』의 플래시가 퍼펑퍼펑 터지고 있었다.

"……으윽?!"

"이러는 사이에도 점점 『엔젤 폼』 차림의 스크린샷이 양산되고 있습니다만?"

"레, 렌! 조금은 화내거나 막아줘도 되잖아……?!"

아키라는 새빨개지며 목청을 높였다. 조금 울상이었다.

으~음, 좀 과했나…….

"알았어, 미안하다고. 보이지 않게 해줄 테니까 잠깐 타임!"

"응?"

나는 매직 포션을 써서 비어있던 MP를 충전.

"『디어질 서클』! 『디스트라 서클』! 『디인테 서클』!"

3중 흑색 서클을 전개. 다시 MP가 비었다.

이걸로 나와 아키라의 모습은 바깥에서는 거의 보이지 않게 된다.

내부도 어둡지만, 모습이 보이지 않는 정도는 아니다.

"자, 이걸로 보이지 않게 됐어."

"아— 응. 고마워. 렌."

"친절한 척 하면서 확실하게 약체화를 먹이는 나였습니다.

—라는 거지. 그런고로 고마워할 필요는 없는 것 같은데."

"또또~. 말은 그렇게 하지만 이 이상 나의 이 모습을 다른 녀석들에게 보여주고 싶지 않다! —라는 생각이지? 그치? 조금 기쁠지도~?"

"……효과 끊어버려도 될까?"

"아~앙! 안 돼~!"

"그럼 뭐, 효과가 통하는 사이에 결판을 내자고! 앞으로 1분이야!"

"응! 이렇게 됐으니 이제 한 방 승부로 가자!"

우리는 서로 거리를 좁혀서 근접 거리로 들어와 무기를 들었다.

진검승부. 결투의 전조— 그런 느낌의 긴장감.

나의 AP도 50은 쌓였다.

『윈드밀』이나 『스팅 숏』이라면 한 번만 쓸 수 있다.

이걸 잘 써서 이기겠어!

"간다—!"

"그래. 3, 2, 1—!"

""승부!""

서로 돌진했다!

"오의— 『크로스 크레센트』!"

『더블 슬래시』와 『크레센트 슬래시』를 합성한 오의다.

전방 범위 공격인 『크레센트 슬래시』의 초승달 이펙트가 좌우 이연타로 날아오는 이펙트다.

게다가 거기에 『스카이 폴』의 충격파까지 덤으로 붙는다.

공격 범위가 넓기 때문에 내 오의는 아직 닿지 않는다.

여기는 그대로 맞아주고 앞으로 나간다!

아키라의 크로스 크레센트가 발동. 렌에게 495의 대미지!

내 남은 HP는 450!

뚫고 나왔다! 이제 아키라는 눈앞! 이제 오의를 발동해도 닿는다!

그러나 지금의 내 MP는 비었다.

『데드 엔드』는 발동과 동시에 HP가 1이 된다.

그래서 상대와 동시에 공격을 가하면, 맞아도 공멸하게 될 가능성이 매우 높다.

이기려면, 받아치는 수밖에 없다.

즉, 아키라의 공격을 맞은 직후에 데드 엔드를 발동해서 맞출 필요가 있다.

다음 한 방으로, 그걸 해낸다―.

그리고 아키라의 다음 행동은―.

"오의! 『에어리얼―』!"

첫 번째 공격을 맞은 내 몸은 크게 위로 올라갔다!

『에어리얼 크레센트』로 나왔나―!

이건 1격에 강제 이동을 당하니까 되받아칠 수가 없다.

위로 떠버린 직후, 아키라가 2격을 날리려는 게 눈에 들어왔다.

오의의 2단 공격 모션이다.

큰일이다, 이걸 맞고 살아남을 수 있을까―?!

공멸을 각오하고 『데드 엔드』로 갈 수밖에 없나―!

그러나 거기서, 나는 HP 게이지를 봤다.

남은 HP는 228. 1격에 222가 날아간 셈이 된다.

응? 이상한데.

『에어리얼 크레센트』의 1격, 2격의 대미지는 같다.

즉, 다음 일격으로 222를 맞으면 HP가 6이 남게 된다.

이걸 맞으면 되받아쳐서 이길 수 있다……!

아니, 하지만 아키라가 이런 실수를 범할까?

마이 베스트 프렌드인 아키라인데―?

이건 뭔가 있는 건가……?! 그렇다면―.

그리고 아키라의 움직임이, 내가 모르는 것으로 변했다.

『에어리얼』에서 이어지는 오의명이―.

"『풀 문』!"

아키라만 더욱 고도를 올려서 검을 높이 들고는, 그대로 다이내믹하게 전방 공중제비를 돌며 급강하했다.

그 회전하는 칼날로 공격하는, 거의 인간의 기술로 보이지 않는 화려한 모션이다.

아마 『에어리얼 크레센트』보다 더 상위인, 아츠를 3종 복합한 오의인가.

2격 전에 한층 높이 올라갔으니 저 타이밍에서 『데드 엔드』를 썼다면 모션상 빗나갔을 거다.

받아치기를 노린다 해도, 두 방으로 멈추지 않는 저 오의에 당했을 거다.

직전에 이변을 눈치채서 다행이다.

나는 『데드 엔드』를 멈추고 다른 선택을 취했다.

"『스팅 숏』!"

공중에서 내 궤도가 변했다.

부웅 회전하던 아키라가 내 옆을 통과했고—.

"앗—?!"

그 순간 나는 이미 움직였다.

"장비변경, 세트 C! 장비변경, 세트 B!"

갈아입기를 2연타.

구체적으로는, 무기를 『지팡이칼』 ⇒ 『아이언 스태프』 ⇒ 『지팡이칼』로 바꿨다.

지금 『지팡이칼』로 『스팅 숏』을 썼는데, 이건 지팡이를 날려서 돌아오는 이펙트가 들어간다. 돌아오는 동안에는 이동 말고는 할 수 없는데, 갈아입기를 끼워 넣으면 지팡이가 회수되는 이펙트가 취소되면서 다음 행동으로 이행할 수 있다.

그렇다. 지금 이 순간을 놓칠 수는 없지!

다시 『지팡이칼』을 든 내가 할 행동은 하나!

"오의! 『데드 엔드』으으으!"

그것이, 회전 중이던 아키라에게 직격했다.

서거어어어어어어어억!

"으꺄아아아아아악?!"

렌의 데드 엔드가 발동. 아키라에게 2622의 대미지!

렌은 아키라를 쓰러뜨렸다.

듀얼 종료! 렌의 승리입니다! 렌의 통산 전적은 6승 0패입니다.

『어이쿠 들어갔다아아아아! 우승은 타카시로! 축하합니다~!』

이겼다—! 해냈다아아아아아아!

역시 뭐가 됐든 이기면 좋다니까!

단, 망캐 마이스터로서는 구린 직업으로 이겼으니까 좋은 거지만!

"아키라, 수고했어! 이야~ 좋은 승부였네!"

나는 아키라에게 다가가서 손을 내밀어 일어서는 걸 도와줬다.

"아~아, 져버렸네에…… 모처럼 치욕을 견디면서 열심히 했는데!"

내 손을 잡은 아키라는 이미 원래의 평범한 복장으로 돌아갔다. 재빠르네.

"아니, 그래도 위험했어. 종이 한 장 종이 한 장. 또 하자고!"

"응, 뭐 즐거웠으니까! 『레이브라의 마필』도 받을 수 있으니, 참가하길 잘했어."

"그래, 문장술사의 가능성도 세상에 알릴 수 있었으니까. 다들 봤지~? 문장술사도 꽤 괜찮지 않아~?!"

나는 회장에 호소했지만—.

""""BOOOOOOOOOOOOO!""""

아, 야유가 굉장하네.

이거이거, 빨리 들어가는 편이 더 낫나.

"으~음. 나 미움받고 있나. 다들 아키라를 응원했을 테니까."

"아하하하하…… 뭐, 괜찮아."

"일단 당장 물러날까!"

"그러게, 돌아갈까!"

우리는 나란히 투기장에서 대기실로 돌아왔다.

계단을 내려가면서—.

"아, 나중에 『엔젤 폼』 차림의 스샷 찍어도 될까?"

"어? 으~음…… 싫어!"

"뭣이?! 말도 안 돼……."

"그치만 져버려서 분하고 또 분한걸~. 그러니까 안 보여줄 거야~. 다음 기회에!"

　뭐, 이렇게 해서—.

　우리는 『레이브라의 마필』을 무사히 가지고 돌아오는 데
성공했다!

　그렇게 흘러간 봄의 신인전 다음 날의 방과 후—.

　우리는 바로 『레이브라의 마필』을 사용한 길드숍 번창 계획을 상의했다.

　"오~! 이거 좋네! 색을 칠하는 것도 편하구!"

　『레이브라의 마필』을 든 야노가 좋아했다.

　디자인 토대로 쓰라고 내가 만들어준 『우드 테이블』에 직사각형을 지정해서 꽃무늬 디자인을 그리고 있었다.

　사각이거나, 원이거나, 별모양이거나 등등, 도형의 모양도 이것저것 바꿀 수 있다.

　여러 두께의 선을 그리는 것도 간단하고, 선 자체를 로드해서 디자인으로 만들 수 있다.

　순식간에 심플한 『우드 테이블』이 갖가지 무늬로 채색되고 있었다.

　"응응. 역시 이걸 쓰면 색칠도 그림 그리기도 빠르니까."

　"그러게. 읽어 들여서 바로 색칠할 수도 있고."

　"그럼 대량생산도 가능하네! 디자인만 완성되면 우리라도 색칠할 수 있으니까! 나머지는 유우나가 디자인을 만들어서 등록하면—."

"뭐, 내가 얼마나 할 수 있을지는 모르겠지만, 앗키도 타카시로도 필사적으로 얻어낸 거니까 가능한 한 협력해줘야겠네."

"그럼, 나머지는 토대가 되는 상품을 잔뜩 만들면, 숍에 늘어놓고 팔 수 있겠네."

"아, 그건 내 역할이군요!"

내가 만든 아이템을 야노의 디자인으로 래핑해서 판다!

이걸 『래핑 시스템』이라고 이름을 붙여 팔아치우는 거다.

『지팡이칼』의 소재인 잉곳 계열은 다 떨어졌지만, 테이블이나 의자용 목재 계열 소재는 아직 조금 남았다.

일단 이걸 전부 투입해서 숍의 상품으로 내놓을까!

그리고 가게 앞에 세워놓을 간판 같은 것도 만들어야지.

"그럼 우리는—?"

"홍보·접객·매입을 도와주는 느낌이겠지."

홍보는 중요해, 홍보는.

접객도. 다행히 아키라도 마에다도 외모는 부족하지 않기에 간판 아가씨로는 딱 맞는다.

뭐, 그쪽 관련을 지원하는 건 내게 아이디어가 있다.

"일단 한동안은 개점 준비네! 야노는 팍팍 디자인을 만들어줘. 나는 베이스가 되는 아이템을 준비할 테니까."

"그럼 코토미, 우리는 아이템 합성소재를 모으러 갈까! 렌이 가진 소재도 이제 다 떨어졌으니까."

"응. 알았어."

"아, 잉곳 계열을 많이 부탁할게. 목재 계열은 조금 있지만, 금속 소재가 이제 전혀 없거든."

"오케이~!"

이렇게 해서 우리는 각각 행동을 개시했다.

아키라와 마에다는 소재를 확보하러 나갔고, 야노는 2층 거실에서 『레이브라의 마필』로 갖가지 디자인 패턴 작성에 전념.

그리고 나는 1층 공방에 틀어박혀 아이템 제작.

아키라에게도 말했지만, 목재 계열은 가진 게 남아있으니까.

우선은 테이블을 만들어야겠지.

공방에서 합성하면 합성에 갖가지 보너스가 붙는다.

우선 합성 스킬의 레벨을 끌어올릴 수 있는 것에 더해서—.

실패의 리스크를 경감시켜주는 『지정 소재 세이브』.

상정한 것보다 적은 소재수로 합성할 수 있는 『소재 지식』.

NPC를 고용해서 대신 합성해달라고 하는 『직공 고용』.

이런 것들이다. 그 밖에도 여러 가지가 있다.

이것들은 공방의 설비에 따라서 붙는 효과가 다르다.

좋은 설비에 좋은 효과가 붙는 건 당연한 소리겠지.

학교의 합성 룸은 『지정 소재 세이브』만큼은 붙어있지만, 뭐 기본 중의 기본이라는 느낌의 서비스다.

참고로 합성에는 다수의 기술 계통이 있고, 각각 레벨이 있다.

나는 대장, 목공, 연금을 주로 올리고 있다.

왜 이 계통이냐 하면 암기를 자작하기 위해서다.

언젠가는 모든 합성을 올리고 싶긴 하지만.

일단 대장으로 금속 계열 무기나 방어구, 목공으로 지팡이나 가구류를 합성할 수 있으니까, 이쪽의 래핑 아이템을 만들기로 하자. 연금은 약을 만들거나, 소재의 특수가공 위주니까 래핑 아이템에는 맞지 않는다.

"좋아, 우선 『우드 테이블』!"

가구는 래핑 아이템에 쓰기 좋지!

딱히 배틀에 사용하는 것도 아니라 성능이 문제가 되지 않으니까.

"『우드 체어』!"

1인용의 노멀한 나무 의자다.

"『우드 벤치』!"

나무 벤치다.

"『우드 컵』! 『우드 디시』!"

컵에 접시. 잡화류다.

"『나무 마네킹』!"

숍 전시용으로 만들어야지!

쇼케이스가 있으니까 무기, 방어구를 장비해서 장식하자.

"『오크 실드』! 『오크 스태프』!"

좋아좋아.

뭐, 무기나 방어구에 관해서는 전시품이 그대로 팔리는 걸 기대하는 게 아니라, 무기나 방어구를 가지고 와서 거기에 색칠을 해주는 서비스를 어필하는 게 목적이다.

자기가 애용하는 무기를 마음대로 색칠하고 싶다는 니즈는 분명 있을 거다.

"좋았어~! 몇 가지 디자인이 나왔어~. 타카시로, 조금 칠해보게 해주라~!"

야노가 2층에서 공방으로 내려왔다.

"오~! 꽤 이것저것 만들었네!"

"물론. 저기 있는 것 중에서 아무거나 골라서 해봐!"

"그럼 이거 빌릴게~."

『우드 디시』를 들고 『레이브라의 마필』을 써서 하얀색으로 사삭 칠했다.

그 위에서 빙글빙글 끝부분에 원을 그리자 메뉴가 기동.

디자인 데이터를 선택하는 화면이 떠올랐다.

거기서 몇 가지 과일이 그려진 그림을 선택.

그리고는 아까 전의 『우드 디시』에 마필 끄트머리를 갖다 대고 톡톡 눌렀다.

그러자 그곳에 조금 전 그림이 붙었다.

하얀 바탕에 과일 그림을 색칠한 『우드 디시』가 완성됐다!

가공 시간은 1분도 걸리지 않았다. 빠르!

"어때어때? 꽤 괜찮은 느낌이지?"

"오오~! 좋네. 잡화점 같은 데서 파는 느낌!"

원래 심플하고 아무런 장식도 없는 『우드 디시』가 돌변했다!

이건 괜찮지 않을까! 팔릴 것 같다!

오픈이 기대되는데!

◆◇◆

그로부터 이틀 뒤— 수업 시작 전의 길드 하우스 1층 길드숍.

점포 안에는 갖가지 상품이 진열되어 있었다.

가게 중앙에는 테이블이나 의자 등등의 가구류를.

벽의 선반에는 컵이나 그릇 같은 소도구나 잡화류.

거리에 인접한 쇼케이스에는 방어구를 장비한 마네킹을.

그 근처에는 지팡이나 검 등의 무기류도 진열되어 있다.

물론 그것들 모두 디폴트 그대로가 아니라, 야노가 디자인한 갖가지 그림이 그려진 래핑 아이템이다.

전체적으로는 밝은 색상이 많아서 여성향인 것이 많다.

뭐, 우리 디자이너는 갸루니까.

그렇지만 남자로서도 신경 쓰이는 아이템이 있다.

울상을 짓는 미소녀가 그려진 방패 같은 거라든가.

이걸로 방어하면 정신적으로 엄청 때리기 힘들겠어!

그 밖에도 미소녀 프린트계 아이템은 꽤 준비해놨다.

이타샤 같은 느낌이네! 이런 것도 괜찮겠지.

"음! 상품은 꽤 모였네!"

나는 가게 안을 보며 끄덕였다. 괜찮은 느낌이네.

"그러게~♪ 이 녀석 덕분에 작업이 빨라 빨라!"

야노가 완전히 손에 익은 『레이브라의 마필』을 빙글빙글 돌리며 말했다.

이야~ 엄청 애써줬어. 본인도 즐거워 보이니 다행이다.

"이렇게나 모아놓았으니 슬슬 가게를 오픈할 수 있을 것 같네."

"그러게. 유행하면 좋겠어."

야노의 디자인도 대부분 패턴이 완료됐고, 가게에 진열할 상품도 모이고 있다.

이제 슬슬 정식 오픈도 시야에 들어왔다.

그렇게 되면, 할 일은—.

"그럼 이렇게 됐으니— 슬슬 홍보를 해야겠지."

"홍보? 어떻게 할 건데? 렌."

"뭐, 전단지 돌리기지. 방과 후에 할 테니까, 다들 그렇게 알고 잘 부탁해!"

"응, 확실히 필요하겠네. 알았어."

"오케이. 그럼 전단지 디자인도 『레이브라의 마필』로 만들 까?"

"그래, 부탁해."

그런 느낌으로, 이제 방과 후를 기다리기만 하면 되는데―.

그냥 전단지만 돌려서는 임팩트가 부족하겠죠!

길드 마스터로서, 쓸 수 있는 수단은 전부 써두고 싶다!

―그런고로 점심시간. 나는 점심을 빨리 먹고 3학년 교실을 찾았다.

3-A, 호무라 선배의 반이다.

선배는 복도에 인접한 창가 자리였다.

멍하니 창밖을 바라보고 있는 걸 내가 말을 걸었다.

"호무라 선배! 그 물건, 받으러 왔는데요!"

"응? 오, 타카시로. 왔네. 자, 준비해놨어."

"감사합니다!"

"근데 이거 뮤지엄의 전시품이기도 하니까, 볼일이 끝나면 바로 돌려줘야 해? 그리고―."

호무라 선배의 말을 들으면서 내 눈은 이상한 걸 보고 있었다.

교실 밖을 걸어 다니는 학생들의 모습은, 뭐 문제없지만, 그중에―.

명백하게 이상한 게 있습니다만?

뭐가 이상하냐니, 풀 페이스 철가면 아래쪽이 전부 알몸인 녀석을 이상하다고 말하지 않고 뭐라 말할까?

"……아!"

나는 그 수상한 모습에 깜짝 놀랐지만 호무라 선배는 노리액션.

어라, 안 보이는 건가?

아니, 하지만 선배도 창밖은 보일 텐데.

"이건 빚이거든. 다음에 우리의 아이템 수집을 도와달라고 할 거야."

"아, 네―."

그리고 나는 다시 조금 전 모습을 찾았지만, 이미 보이지 않게 되었다.

으응? 어라? 잘못 봤나?

왠지 나, 지친 걸까……? 이상한 환상이라도 본 건가?

뭐, 됐다. 신경 쓰지 말자.

"그럼 빌릴게요! 감사합니다!"

나는 호무라 선배에게 감사를 표하고 교실을 나왔다.

그리고 방과 후― 우리는 길드 하우스에 모였다.

"좋아, 그럼 전단지를 돌리러 나가기 전에―!"

"응? 뭔가 있어?"

"의상 체인지지! 눈에 띄는 차림으로 가자! 호무라 선배한테 빌려왔으니까!"

최대의 홍보 효과를 얻으려면 안이한 발상이긴 해도 역시 이거다!

나는 호무라 선배에게 빌린 의상을 아이템 박스에서 꺼내 보여줬다.

『브릴리언트 고딕 드레스』가 세 벌.

이른바 메이드복이다. 조금 가슴을 강조하는 느낌이지만 기본적으로 청초한 분위기다.

최대의 특징은 옷 자체에 반짝반짝 빛나는 이펙트가 부여 된다는 것.

코스프레 용도이므로 장비로서는 강하지 않지만, 이펙트 덕분에 상당히 눈에 띈다.

귀여운 아이가 입으면 더더욱 좋고.

다행히 우리 여성진은 모두 귀여우니까 안성맞춤이다.

"헤에~ 이걸로? 와~ 반짝반짝해서 예쁘네!"

"엄청 눈에 띄네ㅡ. 조금 부끄러울지도……."

"나, 나는 그게, 아직 준비하지 않은 디자인 같은 게 있으니까, 길드 하우스에 틀어박혀 있을까~ 싶은데……."

"……허가."

"아싸, 허가받았다!"

뭐, 디자이너까지 앞으로 내보내서 홍보 활동을 시키지 않아도 되겠지.

아직 늘리고 싶은 디자인이 있다는 말을 믿자.

"그, 그럼 나도ㅡ."

"안 돼! 두 사람은 판매·홍보 담당이니까 길드 마스터로서의 입장으로도 이건 의무로 해줘야겠어……! 뭐, 간판 아가씨라는 녀석이지."

"그, 그래도……!"

"괜찮다니까! 마에다라면 분명 잘 어울릴 거야!"

"어……? 그래? 아, 알았어. 해볼게."

이런 말을 하는 사이, 아키라는 이미 『브릴리언트 고딕 드레스』로 갈아입었다.

"짜~안! 바로 갈아입어 봤어♪"

"오, 좋네! 의욕이 넘치는걸! 잘 어울려 잘 어울려."

"웅! 얼마 전의 그거에 비하면 대단한 것도 아니니까."

"아아, 『엔젤 참』 말이지. 그건 대호평이었지요."

"그걸 입은 이후라서 그런지, 이건 천도 많고 귀여우니까 오히려 포상이네~."

"역시 아키라는 믿음직하다니까!"

"정말~. 렌 때문이거든! 아~아, 나 렌한테 점점 더럽혀지고 있어…… 훌쩍훌쩍."

"남 듣기 안 좋은 소리를……."

"사실인걸~. 그럼 뭐, 전단지 돌리러 가볼까!"

"나, 나도……."

"오?! 마에다도 잘 어울려! 이거라면 분명 눈에 띌 거야!"

좋았어. 이 간판 아가씨 두 명과 함께 전단지를 돌리러 가

자~!

◆◇◆

"잘 부탁드립니다~! 데몬즈 크래프트의 길드숍 조만간 오픈입니다~!"

"잘 부탁드립니다~! 개점 세일로 할인합니다~!"

"자, 잘 부탁드립니다……!"

우리는 큰길로 나와서 곧장 열심히 전단지를 돌렸다.

아키라는 은근히 괜찮아 보였지만, 마에다는 자기의 차림새가 신경 쓰여서 견딜 수가 없는지 움직임이 어색했다. 끼긱끼긱거리고 있었다.

하지만 우리 간판 아가씨와 반짝반짝 메이드의 효과는 상당해서, 길을 가는 플레이어나 NPC도 두 사람의 모습에 시선을 떼지 못했다.

이 게임의 NPC는 사고나 행동에도 공을 들였으니까, 이런 홍보에도 반응해주고 실제로 물건을 사러 오기도 한다.

학교의 배후에 붙어있는 게임 업계의 기업 연합이 시험해보고 싶은 기술을 아낌없이 투입했다는 모양이다.

NPC의 사고나 행동은 최첨단 인공지능에 의한 것이라고 한다.

"코토미~. 움직임이 딱딱해~. 어깨 힘을 빼고 가자?"

"으, 으응…… 알고는 있지만─, 아키라처럼 평소부터 남의 시선에 익숙하지 않으니까…… 이 옷이 엄청 신경 쓰여서."

"윽……?! 나, 나도 좋아서 그런 차림새인 게 아니야……! 렌 탓이니까……!"

아키라의 게슴츠레한 시선이 내게 꽂혔다.

"그, 그랬지…… 미안해."

"내 생각에, 여자아이만 노출이 많은 옷을 입고 환호를 받는 건 불공한 것 같아. 남자아이도 평등하게 하면 될 텐데! 그러면 좋아할 여자아이도 분명 있지 않을까?"

"응?! 나한테 하는 소리야?"

"응! 눈에 띄어야 하니까, 알몸에 나비넥타이 같은 게 좋겠네? 저기, 코토미. 불공평하지?"

"그렇게 볼 수도 있을지 모르겠네─ 남녀는 평등해야 해."

"아니아니 내가 그런 걸 해도 혐오스러울 뿐이고, 그런 느낌이면 그냥 변태가…… 앗!"

그때, 내 시야 끝에 비친, 철가면 아래쪽이 알몸인 변태에게 시선을 돌렸다─.

으으응?! 또 있어?! 저건 잘못 본 게 아니었나!

"앗!"

그러나 다시 보자 이미 그 모습은 없었다.

대체 뭐지. 무서운데.

기왕 환상이나 요정 같은 게 보인다면, 저런 변태가 아니라 좀 더 멀쩡한 걸로 해줬으면 좋겠는데…… 왜 저런 게 보이지?

"저기, 그 전단지 줘."

"아, 네~에! 앗, 호무라 선배!"

"아, 선배 안녕하세요."

"안녕하세요……."

"헤~ 래핑 아이템이네. 아이템충으로서는 신경이 쓰이지 않을 수 없는데……. 재미있어 보이니까 내일 보러 갈게."

"네! 잘 부탁드립니다!"

"아, 그러고 보니 호무라 선배!"

"응? 왜 그래?"

"남자아이용으로 섹시 계열이라고나 할까, 피부 노출이 많은 장비 없나요? 우리만 이런 차림인 건 치사하다고 생각하거든요!"

"흠흠……?"

"그거라면 내가 좋은 걸 갖고 있다!"

"오오, 유키노 선배!"

"우연히 지나가다가 이야기를 들었다. 우리 길드에서 자주 하는 『세기말 패왕 놀이』용 장비를 빌려주마!"

"아니아니 그게 뭔가요?! 엄청 수상한데……!"

"징 박힌 가죽 셔츠에 모히칸을 장비하고 말에게 밟히는 놀이다! 가장 많이 밟힌 녀석이 지는, 뭐 술래잡기 같은 거지. 장비 노출도는 꽤 높다고 생각하는데."

"……뇌근육 놈들이 하는 짓은 영문을 모르겠다니까."

"흥, 어쩔 수 없잖아. 뭔지는 모르겠지만 우리 길드의 전통이란 말이다. 뭐, 다들 원작을 좋아하니까. 무투파 녀석들은 그걸 좋아하지?"

"아~ 그러네요. 세상의 격투가는 그걸 좋아하는 사람이 많으니까요."

"그럼 유키노 선배, 그거 빌려주세요! 이걸로 공평하네, 렌!"

"……어쩔 수 없네."

거절할 분위기도 아니고.

게다가 나도 그 원작을 좋아한단 말이지. 집에도 있고. 부모님 거지만.

근데 이거 혼자서 해야 하나?

누군가 같이 해줄 남자 멤버를 갖고 싶은데…….

멤버 구성이 여자 쪽으로 너무 쏠렸단 말이지.

우리 중에 수컷은 나와 류밖에 없고.

딱히 개의치 않고 있다 보니 이렇게 되어버렸다.

……뭐, 됐다. 그럼 갈아입어서―

"햣하~! 가게 홍보다아아아아아아아아!"

이런 건 쑥스러워하면 끝이다! 전력으로 할 수밖에 없어!

바보가 되는 거다, 나! 아무 생각 하지 마라! 너는 세기말의 주민인 거다!

그런 나를 보고 아키라나 선배가 키득키득 웃었다.

하지만 그중에서 마에다만큼은 어째서인지 웃음보에 제대로 꽂혔는지, 배를 잡고 허리를 숙이고 있었다. 어깨를 떨면서 괴로운 숨을 내쉬었다.

"어~이, 괜찮아?"

"아, 안 되겠어……! 여기 보지 말아줘— 배 아파……!"

뭐, 이렇게까지 웃어준다면 한 보람이 있다.

그 이후 긴장이 풀렸는지 평범하게 홍보를 해줬으니까.

자, 가게 준비도 다 됐고 홍보도 했다.

나머지는—.

""""간판 상품?""""

"그래. 상품 준비는 오케이. 홍보도 했어. 마지막으로 임팩트를 팍 줄 수 있는 심볼 같은 걸 갖고 싶어서. 정말로 팔지는 넘어가더라도."

전단지를 돌린 다음 날 아침—.

수업 전 교실에서 나는 여성진 세 명을 앞에 두고 그런 제안을 했다.

"뭔가 아이디어라도 있어? 렌."

"그래, 이거야!"

내가 꺼낸 것은 액체가 든 갈색 병이었다.

이건 『멀린의 특상 박제용액』이라는 아이템이다.

"이게 뭐야?"

"몬스터의 박제를 만들기 위한 아이템이야. 연금계 합성으로 만드는 녀석이지."

"타카시로, 특상이라 적혀있는 의미는?"

"왕관이 붙은 보스계 몬스터도 박제할 수 있어!"

"호오~? 이런 걸 용케 입수했네."

"상품 제작에 노멀 박제 용액을 합성하면 가끔 HQ품이 ^{하이 퀄리티} 나오거든. 이걸로 커다란 레어계 몬스터를 박제해서, 거기에 아이템 색칠 서비스에서 선택할 수 있는 것들을 전부 그려서 장식하는 거야. 커다랗고 잘 보이는 카탈로그라는 느낌이지."

상당한 임팩트가 있을 거고, 색칠 서비스의 좋은 어필도 될 거다.

"그렇구나아! 괜찮을지도 모르겠네!"

"그러게. 있는 것하고 없는 건 차이가 날 것 같아."

"그럼 뭔가 레어 몬스터를 잡으러 가는 느낌? 오랜만에 배틀도 좋네."

"그러게, 요 며칠은 가게 일만 했으니까."

"타카시로. 뭘 노릴 건지, 짐작 가는 건 있어?"

"물론. 여기서는 내게 생각이 있어서—."

—그런고로 방과 후 우리는 비행정에 탔다.

목적지는 미슈르 대륙에 있는 게일케르 고전장(古戰場)이라 불리는 구역이다.

전에 갔던 아우미슈르 대고분에서 동쪽으로 꽤 떨어진 곳이다.

게임 내부 설정으로는, 미슈르 대륙 최대의 나라 미슈리아의 건국 전쟁 때 최대의 전장이 이 게일케르 고전장이라고 한다.

아직까지 여기저기에 녹슨 무기, 방어구나 공성병기 등의 잔해가 굴러다니고 있다.

하지만 그걸 제외하면 부드러운 녹지에 둘러싸인 평온한 평원이었다.

그런 가운데—.

"오, 있다 있다. 저거야."

나는 주변을 배회하는 몬스터를 가리켰다.

블러디 우즈　레벨 35

붉은색의 부정형 몬스터였다. 이른바 슬라임 같은 거다.

이건 그냥 일반 몹으로『멀린의 특상 박제용액』을 쓸 왕관 달린 레어 몬스터는 아니지만, 이건 약간의 기믹이 있다.

"아키라, AP는?"

"벌써 꽉 찼어! 이동 중에 쌓였으니까."

나이스. 역시『투신의 숨결』. 나도 언젠가 갖고 싶다.

"그럼 야노, 부탁한다. 류, 야노를 따라가 줘."

"오케이. 자, 류. 이리 온."

"큐~!"

야노가 류를 안았다.

"『디어질 서클』!"

야노가 안고 있는 류를 중심으로 서클을 전개.

"좋아! 그럼 갔다 올게~!"

달려간 야노가 주변에 있는 블러드 우즈를 차례차례『디어질 서클』의 범위에 넣었다.

우리도 뒤를 따라가며 적절하게 서클을 다시 걸었다.

그런 느낌으로 적을 모아서 게일케르 고전장을 돌았고—.

음, 훌륭한 블러디 우즈 몬스터 트레인이 완성되었습니다!

꾸물꾸물 끈적끈적 거리면서 야노를 뒤쫓는 슬라임 수십 마리.

"저기, 아직 멀었어?! 효과음이 꽤 혐오스럽거든?!"

"으음, 슬슬 됐겠지—! 마에다, 그거 가자!"

"응!"

나와 마에다는 손을 잡고 함께 외쳤다.

"""『매직 인게이지』!"""

가자, 잡졸 사냥 최강 마법!

나는 『디어질 서클』, 마에다는 『디아볼릭 하울』를 각각 영창.

류를 중심으로 합체마법의 마법진이 깔렸다.

야노가 조금 속도를 줄이자, 마법진에서 생겨난 『디아볼릭 하울』의 드래곤 헤드가 서클로 들어온 블러디 우즈를 차례차례 깨물었다.

그걸 맞은 블러디 우즈의 HP가 각각 75퍼센트씩 깎였다.

일반 몹의 HP를 단숨에 대량으로 깎는 합체마법이다.

그리고—.

블러디 우즈가 동료와 합체한다!

블러디 우즈가 동료와 합체한다!

블러디 우즈가 동료와 합체한다!

블러디 우즈가 동료와 합체한다!

블러디 우즈가 동료와 합체한다!

블러디 우즈가 동료와 합체한다!

블러디 우즈가 동료와 합체한다!

블러디 우즈가 동료와 합체한다!

시야 안의 로그 윈도우에 폭포수 같은 합체 로그가!

그렇다. 이 녀석은 HP가 줄어들면 같은 블러디 우즈와 합체해서 회복을 시도한다는 특성이 있다.

실제로 우리의 눈앞에서 합체마법으로 HP가 줄어든 녀석들이 꾸물꾸물 합치면서 거대화했다— 그 크기는, 순식간에 올려다볼 정도로 커졌다.

"오오……!"

"우왓, 크네!"

"굉장하네……!"

"눈앞에서 저러니까 조금 혐오스러워~!"

그리고 블러디 우즈를 단숨에 대량 합체시키면 나타나는 녀석이 바로 이번 타깃이다! 자, 왔다! 그 이름도 휴지 블러디다!

부정형의 대형 몬스터라서 박제화하면 형태를 이것저것 고를 수 있으니까.

여러 형태로 만들면 질리지 않아서 좋을 것 같아 이 녀석을 노린 것이다.

그러나, 나는 이변을 깨달았다.

드래고닉 휴지 블러디 레벨 60 왕관 아이콘(레어 몬스터)

"어라……? 뭔가 다른데?!"

"확실히 휴지 블러디가 되는 거였지?"

"레벨은 45 정도고……."

"앞에 드래고닉이 붙어있고 레벨도 높잖아! 어떻게 된 거

야?!"

그리고 저쪽의 거대한 붉은 덩어리가 꾸물꾸물 형태를 바꿨다.

거대한 용의 머리가, 커다란 슬라임에서 솟아났다.

키샤아아아아아아앗!

진짜 용 같은 포효. 크게 벌어진 입에서 불꽃 브레스!
""""우와아아아아아아악?!""""

드래고닉 휴지 블러디는 파이어 브레스를 토했다!
렌은 385의 대미지!
아키라는 298의 대미지!
코토미는 260의 대미지!
유우나는 277의 대미지!

나만 대미지가 큰 이유는 『광신자의 지팡이』장비였으니까…….

그리고 추가로―.

그르르르르르르르ㅇㅇㅇ!

드래고닉 휴지 블러디는 블레이즈 오라를 발동!

불꽃 대미지. 렌은 10의 대미지를 입었다.

불꽃 대미지. 아키라는 10의 대미지를 입었다.

불꽃 대미지. 코토미는 10의 대미지를 입었다.

불꽃 대미지. 유우나는 10의 대미지를 입었다.

"우왓, 엄청 뜨거워~!"

드래고닉 휴지 블러디의 전신이 불꽃 이펙트를 휘감고 있었다.

피부가 찌릿찌릿 타는 열이 느껴진다……!

"아아, 접근하면 불꽃 대미지를 입나 보네……!"

"불꽃의 대미지 필드를 전개한 거구나……."

"이거 어쩔 거야?!"

"거리를 벌릴 수밖에 없지……! 류! 저 녀석 쪽으로 달라붙어!"

"큐~!"

"『디어질 서클』! 좋아, 이탈하자!"

서클을 두른 류가 달라붙어서 적을 둔화.

너무 커서 서클 범위에서 삐져나갔지만, 둔화 효과는 제대로 발동했다.

우리는 달려서 거리를 벌렸다.

아키라는 그 사이에 『힐 스텝 플러스』를 써서 우리를 회복

시켰다.

어느 정도 거리를 벌리자 『블레이즈 오라』의 불꽃 대미지가 발생하지 않게 되었다.

이건 떨어져서 싸우는 편이 좋겠네……!

다가가는 것만으로도 불꽃 대미지를 입고, 파이어 브레스도 닿는다. 위험하다.

"모두 범위 밖에서 공격하자!"

"응! 에에잇!"

아키라가 스카이 폴의 충격파를 쐈다.

좋아, 제대로 닿고 대미지도 통하네.

"하지만, 왜 이게 태어난 걸까―."

"우연찮게 이렇게 된 걸지도……! 운이 좋은 건지 나쁜 건지 모르겠지만!"

"블러디 우즈의 HP를 어떻게 깎는지도 관련이 있을지도……! 용언어 마법으로 깎으면 이렇게 되는 것 아닐까?! 아무튼 이건 상당히 희귀할지도 몰라!"

적어도 나는 몰랐으니까!

"희귀한 보스는 즉 간판 역할로 안성맞춤! 좋은 일이잖아, 기뻐하자고!"

"""이긴다면 말이지!"""

전원이 태클을 날렸다.

"괜찮아, 반드시 이기자! 퇴로를 끊자고!"

나는 『멀린의 특상 박제용액』을 드래고닉 휴지 블러디에게 사용했다.

구체적으로는 던져서 끼얹었다.

효과 발동! 이제 그대로 쓰러뜨리면 OK다!

그러나 내 로망포를 봉인하지 않으면 안 된다.

『데드 엔드』를 쏘러 가면 데드 엔드 ⇒ HP 1 ⇒ 불꽃 대미지로 사망하게 된다.

그렇다면―.

"오의 『소울 스피어』!"

퓨슈우우우우웅!

보라색 레이저 광선이 드래고닉 휴지 블러디를 꿰뚫었다.

렌의 소울 스피어가 발동. 드래고닉 휴지 블러드에게 251의 대미지!

드래고닉 휴지 드래곤은 독에 걸렸다.

좋아, 독 대미지가 들어간다!

『소울 스피어』의 도트 대미지는 3초당 80.

1분 정도 효과가 이어지면 대미지는 1600이나 된다.

마라톤 전법과 상성이 최고인 대미지 수단이다.

"좋아, 이대로 거리를 유지해서—!"

그러나 상대도 무저항으로 당하고 있을 만큼 어설프지는 않았다.

꾸물꾸물 모습을 바꾸더니 갑옷을 두른 기사의 상반신 형태가 되었다.

그것이 거대한 활을 겨눴다.

"모습이 변했어!"

"그러게—!"

거대한 슬라임의 몸 일부로 만든 화살이 퓨웅 하는 소리와 함께 발사됐다.

그게 이쪽으로 날아오자 공중에서 무수하게 작은 화살로 분열해서 비처럼 쏟아졌다.

으그그그극……! 한 방 한 방은 수십 대미지 정도지만, 숫자가 많다.

이거 거리를 벌린다고 안전한 게 아니구나—!

"회복할게! 『힐 스텝 플러스』!"

"나도! 『엑스 힐』!"

아키라와 마에다가 회복해줬다.

"두 사람 다 땡큐!"

"응. 근데 이 페이스로 대미지를 받으면, 버티지 못할지도……!"

"다들 산개할래? 그러면 한 번에 받는 대미지가 줄어들어!"

"어떻게 할까……!"

산개하면 우리끼리 연계하기 힘들어진다. 그건 그것대로 곤란하다.

그렇다고 접근전에 들어가면 적의 공격을 받아내기 힘들다. 리스크가 크다.

적은 근거리도 원거리도 양쪽 다 가능한 타입인 것이다.

어느 쪽이 약점인 게 아니다. 그러므로 전술의 선택이 곤란하다.

근거리냐 원거리냐—.

아니, 또 하나 있나—! 심플하지만 강력한 수단이.

"마에다! 『스나이퍼 링』을 야노에게!"

이건 활이나 총이나 마법이나 스킬 등의 사정거리를 늘리는 물건이다.

이것도 아우미슈르 대고분 보물고에서 나온 건데 마에다가 갖고 있었다.

"알았어! 유우나!"

"오케이! 그럼 그거지? 타카시로."

"그래, 초 원거리 사격!"

심플하게, 적의 활도 닿지 않는 더욱 먼 곳에서 공격하는 거다.

"『소닉 암즈』!"

마에다의 마법이 야노에게 발동.

강화계로. 그 효과는 무기의 사정거리를 늘리는 것이다.

액세서리에 마법의 효과가 더해져 이중의 사정거리 연장이다.

또한—.

"『롱 샷』!"

야노의 스킬도 발동! 이것도 효과는 활이나 총의 사정거리 연장이다.

재사용 대기시간은 5분이고 효과 시간은 2분이다.

자, 이걸로 3중의 사정거리 연장이다.

우리는 더욱 거리를 벌려서 적이 활을 쏘지 못하는 사정거리 바깥으로 나왔다.

그 위치에서 야노의 총격이 불을 뿜었다.

그녀의 공격만큼은 가볍게 닿는다.

"아싸, 닿고 있어!"

"좋았어, 펑펑 쏴줘! 아키라는 『검의 춤』으로 『롱 샷』의 재사용 대기시간 초기화 부탁해!"

"응, 맡겨줘!"

적보다 사정거리가 긴 야노를 메인 화력으로 삼은 우리는 마라톤을 계속했다.

도중에 『디어질 서클』이나 『소울 스피어』를 다시 깔고 다시 쏘기를 반복하며 적의 HP를 깎았다.

그리고 적의 HP가 2할을 밑돌았을 때— 적이 다시 모습을 바꿨다.

이번에는 거대한 새의 모습이다.

그것은 단숨에 날아올라 급강하해서 몸통박치기를 날렸다.

메인 화력을 맡고 있던 야노가 가장 어그로가 높아서 타깃이 되었다.

"꺄아아아아아아앗?!"

"유우나!"

"유우나!"

두 명의 회복이 즉시 날아가서 상당히 줄어들었던 야노의 HP가 전부 회복됐다.

"칫…… 마지막에 귀찮은 모습이 되기는……!"

바닥에 머물지 않으면 서클의 효과도 발동하지 않으니 성가시다.

야노를 향한 격렬한 집중 공격을 막을 방법이 없다.

"야노……! 괜찮아?!"

"응, 아직 괜찮아!"

그렇게 말을 걸었던 나는 눈치챘다.

『블레이즈 오라』의 불꽃 대미지가 멈췄어!

형태 변형을 하면 멈추는 건지, 아니면 시간 경과인지는 모르겠지만―.

지금이라면 『데드 엔드』를 쏴도 괜찮을 것 같아!

거대한 새의 모습으로 변한 슬라임이 다시 야노를 향해

급강하했다.

벌어들인 어그로는 아직 야노가 가장 높기 때문이다. 대활약이었다.

나는 야노 옆에 서서 내려오는 드래고닉 휴지 블러디를 노렸다.

"좋았어, 마무리다! 오의—『데드 엔드』으으으으!"

그것이 정말로 마무리 일격이 되어, 우리는 무사히 목적이었던 박제를 얻어냈다.

박제화되면 경험치도, 드롭 아이템도 받을 수 없는 게 유감이지만—.

이걸로 괜찮은 느낌의 간판도 생겼네!

다음 날—.

자, 오늘은 길드숍 정식 오픈일이다!

나는 다섯 시 반에 일어나서 준비를 하고 여섯 시에 딱 로그인했다.

수업 시작까지는 아침 영업도 할 테니까.

종업원 NPC를 고용하면 수업 중에도 영업할 수 있지만, 지금은 아직 그런 돈은 없었다.

숍 운영이 궤도에 오르면 고용하고 싶다.

"좋았어, 최속 로그인!"

내가 길드 하우스 거실에 내려서자, 방구석 천장 가까이에 설치된 해먹에서 류가 나왔다.

"뀨~뀨~뀨뀨~!"

"오, 좋은 아침. 착하게 잘 지냈어?"

"뀨뀨~!"

장난을 치던 중, 다음으로 나온 건 야노였다.

"좋은 아침……."

"응? 안녕. 왜 그래? 텐션이 낮은데."

"으~응…… 조금 긴장되거든."

"호오……?"

"그게, 이걸로 숍이 무너지면, 전범은 나잖아? 상품은 거의 다 내가 커스텀했구……."

그렇군, 책임감과 압박감을 느끼는 건가.

외모는 갸루지만, 의외로 멀쩡하다고나 할까.

아니, 이렇게 말하면 다른 갸루에게 실례가 되겠지.

하지만 뭐랄까, 야노는 겉으로 보이는 이미지에 비해 주변에 신경을 쓰는구나.

아키라 쪽이 훨씬 고잉 마이 웨이란 말이지.

아니, 나도 전혀 남 말은 할 수 없지만.

"괜찮다니까! 자, 저 방패는 나 때문이고 갑옷은 아키라 때문이잖아."

울상을 지은 미소녀가 프린트된 괴롭히지 말아줘 실드와, 우락부락한 근육이 프린트된 마초 아머 말이지.

나는 저런 그림 실력이 없으니까, 미소녀는 야노에게 그려 달라고 했다.

아키라는 희희낙락하며 자기가 그렸지.

저 우락부락 애호는 어떻게 좀 안 될까?

"그렇긴 해두……."

"뭐~ 나로서는 괜찮은 느낌이라고 생각하는데, 어쨌든 지금 와서는 어쩔 수 없으니까, 신경 써봤자 손해라고?"

"으음…… 뭐, 그러네. 상관없나. 신경 쓰는 건 그만둘래."

"그게 좋아. 이게 망한다고 해도 망했다는 검증 데이터는 남으니까, 그건 그것대로 헛수고는 아닐 거야."

"하하하…… 타카시로는 언제나 똑같은 소리 하네~."

"흔들리지 않는 게 중요하다고 생각하거든."

"때와 장소에 따라 다르다고 생각하는데……."

그때, 아키라와 마에다가 조금 늦게 찾아왔다.

"좋은 아침~! 드디어 오픈이네!"

"응. 어떻게 될지 기대돼."

좋아, 모두 모였군.

"다들 왔네. 그럼 숍을 열어볼까!"

그런고로 우리의 길드숍이 오픈했다!

그리고, 그렇게 오래 기다리지 않고 드문드문 손님이 찾아왔다.

역시 홍보를 한 보람이 있었네.

가게 바깥에 장식된 드래고닉 휴지 블러디의 박제도 눈에 띄고.

예정대로 색칠 서비스에 쓰이는 그림을 전부 프린트해서 홍보도 겸하고 있다.

오늘은 지붕 위에 올려서 드래곤 헤드의 형태로 해놨다.

가게는 우리 반 아이들 말고도 몇 명이 얼굴을 내밀었다.

그리고 새로운 아이템에는 사족을 못 쓰는 호무라 선배도.

상품은 꽤 잘 팔려서 야노가 기뻐했다.

토털로는 잡화계 상품의 매상이 좋았다.

수업 전 아침 영업이 이거니까, 꽤 괜찮은 느낌 아닐까?

참고로 내가 디자인한 방패와 아키라가 디자인한 갑옷은 팔리지 않았다.

뭐, 지금부터야 지금부터!

방과 후가 되어서 다시 숍을 오픈.

나와 야노는 숍 안쪽 공방에서 팔린 상품을 추가로 만들어 보충했다.

그 사이 아키라와 마에다는 가게를 봤다.

보충이 완료되면 교대로 가게를 보면서 영업을 이어갔다.

한동안 숍에 달라붙어 있어도 상관은 없지만, 조만간 모험에 나갈 시간도 제대로 만들어야겠지.

NPC를 고용하는 건 얼마가 들까?

그리고 나와 아키라가 가게를 보고 있을 때―.

"투기장에서 배틀 토너먼트를 하는 것도 좋았지만, 이런 것도 좋네."

"그래, 그러게."

"숍도 리얼리티가 있으니까, 진짜로 하는 기분이야~. 이런 것도 신선하네."

"뭐, 얼마 뒤에는 길드 대항 미션으로 바빠질 테니까, 그때까지는 느긋하게 숍 운영이라도 즐기도록 할까. 돈벌이 수단의 확보도 중요하니까."

특히 나처럼 돈낭비를 불사하는 플레이 스타일이라면 그렇게 된다.

로망포에는 수고도 돈도 든단 말씀이죠.

가능하다면 『데드 엔드 V』를 위한 『매의 극광석』도 쌓아 두고 싶고, 돈은 아무리 많아도 부족하다. 진짜로.

유키노 선배가 앞으로 힘들어질 거라고 했는데, 합성에 흥미가 없거나 돈벌이를 싫어하거나 하면 확실히 힘들겠다.

이렇게, 종합적으로 게임을 다방면으로 몰입하는 녀석이 아니라면 안 되는…… 그런 느낌이다.

아아― 나에게 딱 맞잖아!

"길드 대항 미션이라— 어떤 걸 할까?"

"글쎄다~. 유키노 선배의 말로는, 매년 하는 게 다르니까 모른다고 하던데."

그때, 숍의 문이 열리고 손님의 모습이 보였다.

"안녕~."

오, 카타오카인가. 그리고 아카바네와 함께였다.

여왕벌이 종자를 데리고 찾아왔군.

그나저나 이 여왕벌은, 실은 아키라와 친해지고 싶은 모양인데—.

근데 저 모양이라…… 서툴다고나 할까, 상류층에서 자라서…….

오늘은 잘 대화할 수 있을까. 힘내라, 나도 응원하고 있어!

"으껙!"

또 아키라가 벌레 씹은 표정을 지었다.

역시 호감도는 마이너스인 모양이다.

아카바네는 순간 움츠린 표정을 보였지만, 마음을 다잡고 말을 걸었다.

"……저는, 당신하고 말다툼을 하러 온 게 아니거든요. 화제가 되고 있는 숍을 보러 왔을 뿐인데요?"

"아, 아하하하…… 그만 조건반사로, 악의는 없었어요."

"……정말인가요? 뭐, 좋아요. 가게를 둘러보겠어요."

"아, 네. 보세요—."

"천천히 보내시길!"

좋아, 은근히 원만하게 흘려넘겼다. 힘내라, 아카바네.

나는 격려의 의미를 담아서 붙임성 있게 그녀에게 말을 걸었다.

그리고— 아카바네는 숍 안을 어슬렁거리기 시작했다.

"의외로 나쁘지 않은 센스네요—."

그런 감상인가.

야노도 들으면 기뻐하지 않을까?

그리고, 문득 그녀가 발을 멈춘 곳에는—.

색칠만 해주는 서비스도 한다는 종이였다.

"시시한 질문을 하겠는데요—. 이건, 뭐든 좋아하는 걸로 색칠을 해준다는 건가요?"

"아, 네. 아이템을 갖고 있다면, 나중에 디자인을 골라서—."

아키라가 답했다.

"이건 괜찮나요?"

자기의 손톱을 보여줬다.

아, 그~렇구만. 네일 아트인가.

그것도 괜찮겠네. 그러고 보니. 가능할 거다.

"네, 괜찮을 것 같네요."

"그럼, 부탁할게요."

그런고로 아카바네를 가게 카운터에 앉혀서 네일 아트 개시.

나도 아키라도 『레이브라의 마필』의 조작법은 익히고 있지만, 여기는 아키라에게 맡겼다.

메뉴에서 색 선택을 불러서 색상을 선택하라고 했다.

"그럼 이 색상의 붉은색을 베이스로 해서, 원 포인트로 뭔가 아트를— 내용은 맡기겠어요."

"맡긴다고요? 네, 알겠습니다!"

아키라의 눈이 반짝 빛났다.

아, 이건 망할 것 같은 예감이 드는데—.

아키라는 아카바네의 검지 손톱에 선명한 색상의 붉은색을 페인트했다.

깔끔하게 붙자, 메뉴에서 디자인을 선택해서 손톱 사이즈의 스티커를—.

그리고, 아키라가 선택한 디자인은…….

우와앗, 마초 데몬이다!

길드 엠플럼 디자인 선수권에서 패배한 녀석!

언제 저것의 디자인을 넣어놨던 거지……?!

"다 됐어요♪"

"잠깐……?! 뭔가요 이 기괴한 디자인은! 당신, 이건 내게 심술을 부리는 건가요……?!"

"에에에에에엑?! 그치만 맡긴다고…….”

"아, 아니. 아카바네. 아키라는 진심이야. 지금 이건 진짜로 이게 좋다고 생각해서 한 거야."

"……정말인가요?"

"그런 게 당연하잖아요."

아키라가 입술을 삐죽였다.

"……아, 알았어요. 부탁을 잘못한 모양이네요. 지금 이 아트는 지우고 다른 걸— 어떤 게 있는지 보여줄래요?"

이번에야말로 아카바네의 검지에 제대로 된 네일 아트가 그려졌다.

뭐…… 조금씩 해빙 분위기로 만들어가면 되겠지.

힘내라, 스칼렛!

■작가 후기

우선 본서를 손에 들어주셔서, 정말로 감사합니다.

이렇게 2권을 보내드리게 되었습니다만, 이번 작품은 소설가가 되자에서 연재한 것을 서적화한 것입니다.

아무래도 짧은 간격으로 연재하다 보면 머릿속의 예정과 실제 내용이 어긋나게 됩니다.

이번이 바로 그 전형이라서, 원래대로라면 길드 대항 미션을 하려고 했었습니다.

봄의 신인전은 그 사전 인물 소개일 뿐이었습니다만.

정신이 들자 이걸로 한 권이 끝나고 말았습니다.

내용적으로는 1회 1회의 갱신을 모두 즉흥적으로 적었습니다. 매번 애드리브였죠.

그걸 연속해서 하니까 정신이 들자 책이 완성됐다는 느낌입니다.

어느 쪽도 체험해보니 알게 되었습니다만, WEB 연재를 거친 것과 거치지 않은 건 내용이 완전히 달라지네요. WEB 연재에서는 매회 갱신 때 뭔가 볼거리를 마련해야 한다고 생각하고 맙니다.

볼거리를 차례차례 내는 건 즉 작품 전체의 템포가 좋아진다는 뜻이라고 생각합니다.

반면 캐릭터나 세계관을 길게 파고들 수가 없습니다.

쓰고 나서 이번에는 볼거리가 없어, 불안해! 이렇게 되니까요.

그래서 묘사가 담백해지기 십상입니다.

어느 쪽도 일장일단이라고 생각합니다. 하지만 본작처럼 딱히 커다란 목적이나 흐름이 없는 작품에서는 WEB 연재 방식이 어울리는 것 같네요.

그저 즐겁기만 한 이야기를 쓴다! 이게 이번 작품의 제 콘셉트입니다.

깊이 계산하기보다는 그 자리의 분위기를 중시합니다. 흥과 기세가 중요하죠.

앞으로도 즉흥적으로 매번 애드리브를 하며 이어갈 수 있을 만큼 이어가고 싶네요.

전작인 전기(戰記)물을 쓸 때는, 전략이나 전술이나 등장인물의 사고 같은 게 모순되지 않고 설득력을 가질 수 있도록 엄청 골몰에 골몰을 거듭하며 쓰고 있었습니다.

정반대의 방식으로도 성립하다니, 소설은 심오하다고나 할까, 폭이 넓네요.

어느 쪽 방식도 병행할 수 있도록, WEB 연재를 하면서 다른 작품을 새로 써서 내놓고 싶긴 합니다만, 제 집필 속도에 문제가…….

WEB 연재에서도 쓰고 싶은 다른 작품 아이디어가 있거든요.

로봇물, 시간이동물, 전기물 등등. 하지만 손이 전혀 돌아가지 않습니다.

좀 더 속필을 하고 싶네요. 혹은 좀 더 집필에 할당하는 시간을 늘려야겠죠.

노동개혁 같은 걸 해서 주휴 3일제가 되거나 그러진 않을까요?

급료가 오르지 않는 건 이제 됐으니까, 휴일을 늘려줬으면 좋겠습니다.

빈 시간에는 멋대로 돈을 벌 테니까 부탁해! 그런 느낌입니다.

자, 그럼. 이후에는 조금 전에 언급한 대로 길드 대항 미션 같은 걸 하려고 합니다.

예정은 미정이므로, 어떻게 옆길로 빠질지는 잘 모르지만요.

소설가가 되자에서 선행으로 연재하고 있으니, 신경이 쓰이는 분은 그쪽을 부탁합니다.

마지막으로 이번 작품에서도 신세를 지고 있는 분들에게 감사의 멘트를.

담당 편집자 N님, 일러스트를 담당해주신 아키타 히카 님 및 관계 각처 여러분, 많은 도움을 주셔서 감사합니다.

이번에도 일러스트가 너무 근사해서 다음 권이 어떻게 될지 기대됩니다.

그럼, 또 뵙겠습니다.

안녕하세요. 불초 역자입니다.

이번 권의 테마는 대인전이었는데요. 전 개인적으로 게임에서 대인전을 별로 좋아하지 않습니다. 왜냐하면 컨실력이 부족해서 못하니까…… 모 AOS로 치면 실버 정도의 실력입니다. 피지컬을 요구할수록 못하죠. 순간적인 반응 속도라거나 직감이라거나, 저와는 정말로 거리가 먼 이야기입니다. 그래서 피지컬 요소가 상대적으로 적은 게임을 주로 하는지라, 대인전 잘하는 사람은 꽤 부럽습니다.

그래도 이번 이야기의 렌과 아키라처럼 화려한 실력으로 대인전을 하는 모습을 보면서 즐기는 건 꽤 좋아합니다. 덕분에 프로게임 리그를 즐겨 보고, 프로게이머의 스트리밍도 가끔 보죠. 제가 못하는 화려한 컨트롤이나 슈퍼 플레이를 보면서 대리만족을 한다고나 할까요. 만약 VRMMORPG가 실제로 나오게 된다면 투기장 직관 같은 건 해보고 싶네요. 현재의 RPG 투기장은 별로 보는 재미가 없지만, VR이라면 색다른 재미가 있을 것 같습니다.

그럼 후기는 이쯤 하고, 다음 권에서 뵙겠습니다.

VRMMO 학원에서 즐거운 마개조 가이드 2

초판 1쇄 발행 2018년 9월 10일

지은이_ Hayaken
일러스트_ Hika Akita
옮긴이_ 이경인

발행인_ 신현호
편집국장_ 김은주
편집진행_ 최은진 · 김기준 · 김승신 · 원현선 · 권세라
편집디자인_ 양우연
국제업무_ 정아라 · 고금비
관리 · 영업_ 김민원 · 이주형 · 조인희

펴낸곳_ (주)디앤씨미디어
등록_ 2002년 4월 25일 제20-260호
주소_ 서울시 구로구 디지털로 26길 111 JnK디지털타워 503호
전화_ 02-333-2513(대표)
팩시밀리_ 02-333-2514
이메일_ lnovelpiya@naver.com
L노벨 공식 카페_ http://cafe.naver.com/lnovel11

VRMMO GAKUEN DE TANOSHII MAKAIZOU NO SUSUME 2
~ SAIJYAKU JOB DE SAIKYOU DAMAGE DASHITE MITA ~
© Hayaken
Originally published in Japan in 2017 by HOBBY JAPAN Co., Ltd.

ISBN 979-11-278-4617-6 04830
ISBN 979-11-278-4561-2 (세트)

값 7,000원

©Ryo Shirakome/OVERLAP
Illustration Takaya-ki

흔해빠진 직업으로 세계최강 제로 1권

시라코메 료 지음 | 타카야Ki 일러스트 | 김장준 옮김

오늘도 고아원을 위해 생활비를 벌며 평온한 일상을 보내고 있었다.
그런 오스카의 공방에 『천재(天災)』 밀레디 라이센이 찾아온다.
신에게 저항하는 여행의 동료를 찾는 밀레디는
오스카의 비범한 재능을 간파하고 여행에 권유하기 위해 왔다고 한다.
오스카는 권유를 거절했지만 밀레디는 포기할 줄 몰랐다.
그런 와중 오스카가 지키는 고아원에 사건이 생기는데?!
"희대의 연성사. 나와 함께 세계를 바꿔 보지 않을래?"

이것은 『하지메』에게 이어지는 제로의 계보.
―흔해빠진 직업으로 세계최강』 외전의 막이 오른다!

라이트노벨의 새로운 빛! ㄴ노벨의 신간은 매월 10일에 발매됩니다. http://cafe.naver.com/lnovel11

일반공격이 전체공격에 2회 공격인 엄마는 좋아하세요? 1~3권

이나카 다치마 지음 | 이이다 포치. 일러스트 | 이승원 옮김

"이제부터 이 엄마와 함께 실컷 모험을 하는 거야.", "맙소사……."
고교생 오오스키 마사토는 그렇게 염원하던 게임세계로 전송되지만,
어찌된 영문인지 그의 어머니이자
아들이라면 껌뻑 죽는 마마코도 따라오는데?!
길드에서는 「아들의 연인이 될지도 모르는 애들이니까」라는 이유로
마사토가 고른 동료들에게 면접을 실시하고,
어두운 동굴에서는 반짝반짝 빛나는데다.
무릎베개로 몬스터를 재우는 걸로 모자라,
전체공격에 2회 공격인 성검으로 무쌍을 찍는 등
아들인 마사토가 질릴 정도로 대활약을 하는데?!
현자인데도 유감스런 미소녀 와이즈,
치유계 여행 상인인 포타를 동료로 맞이한 그들이 구하려는 것은
위기에 처한 세계가 아니라 부모자식간의 정.

제29회 판타지아 대상 〈대상〉 수상작인
신감각 모친 동반 모험 코미디!

라이트노벨의 새로운 빛! L노벨의 신간은 매월 10일에 발매됩니다. http://cafe.naver.com/lnovel11

살육의 천사 1~3권

원작 사나다 마코토 | 저자 키나 치렌 | 일러스트 negiyan | 옮긴이 송재희

빌딩 최하층에서 깨어난 13세 소녀 레이.
그녀는 기억을 잃어 자신이 어째서 여기 있는지조차 알지 못했다.
그때 나타난 것은 붕대를 감은 살인귀 잭.
"부탁이 있어, 부탁이야. 나를 죽여 줘."
"같이 여기서 나가게 도와주라고. 그럼 너를 죽여줄게."
두 사람의 기묘한 유대는 그런 「비정상적인 약속」을 계기로 깊어져 간다.
과연 이곳은 어디인가. 두 사람은 어떤 목적으로 갇히게 되었는가.
그들을 기다리는 운명이란—.
밀폐된 빌딩에서 탈출하기 위한 목숨을 건 여정이 시작된다……!

『안개비가 내리는 숲』의 사나다 마코토 신작!
대인기 호러게임 『살육의 천사』 대망의 소설화!

아지랑이 데이즈 1~8권

진(자연의적P) 지음 | 시즈 일러스트 | 이수지 옮김

『아지랑이 데이즈』를 비롯하여 투고한 곡의 관련
동영상 재생수가 1,000만을 넘는 초인기 크리에이터 · 진(자연의적P).
그 본인이 새로 쓴 소설 등장!
관련된 모든 곡을 연결하는 이야기가 처음으로 밝혀지면서
한층 더 「수수께끼」를 불러일으킨다!

―이것은, 8월 14일과 15일의 이야기.
몹시 시끄러운 매미 소리, 일렁이는 **아지랑이**. 어느 한여름 날 어떤
거리에서 일어난 하나의 사건을 중심으로, 다양한 시점이 뒤얽힌다⋯⋯.

일본 현지 시리즈 누계 900만부 돌파!
(소설 · 코믹 · 서적)

새로운 감각의 찬연한 청춘 엔터테인먼트 소설!